AF162840

fv Fehnland-Verlag

Engelmann, Edit: Zitronen aus Hellas. Geschichten & Rezepte von einer, die auszog, um griechisch zu leben. Hamburg, Fehnland Verlag 2021

1. überarbeitete Neuauflage
ISBN: 978-3-96971-154-5

Dieses Buch ist auch als eBook erhältlich und kann über den Handel oder den Verlag bezogen werden.
ePub-eBook: ISBN 978-3-942223-43-0

Lektorat: Thalia Andronis
Umschlaggestaltung: Lea Oussalah
Umschlagmotiv: Capri23auto auf Pixabay
Karikaturen: Remco Schakelaar

Bibliografische Information der Deutschen Nationalbibliothek: Die Deutsche Nationalbibliothek verzeichnet diese Publikation in der Deutschen Nationalbibliografie; detaillierte bibliografische Daten sind im Internet über https://dnb.d-nb.de abrufbar.

Der Fehnland Verlag ist ein Imprint der Bedey & Thoms Media GmbH, Hermannstal 119k, 22119 Hamburg.

© Fehnland Verlag, Hamburg 2021
Alle Rechte vorbehalten.
https://www.fehnland-verlag.de
Gedruckt in Deutschland

Edit Engelmann

Zitronen aus Hellas

Geschichten & Rezepte
von einer, die auszog, um griechisch zu leben

INHALT

- 7 Vorwort
- 9 Viele Köche machen viele schöne Sachen
- 13 Aigion, wie es leibt und bebt
- 24 Logisch – da bewegt sich nix!
- 29 Öl ist ein ganz besond'rer Saft ...
- 34 Eureka – ich geh dann mal kurz suchen
- 39 Lígo psomí sas parakaló – ein bisschen Brot muss sein!
- 46 In Griechenland wird gefiebert ... und gemessen
- 53 Darf's ein bisschen Gras sein?
- 57 Stein schlägt Schere – Schere schlägt Magie ...
- 61 Kalá Christújenna – Mum weihnachtet sehr!
- 70 Silvester auf Griechisch oder Holländisch – oder wie?
- 75 »Χαλεπά τά καλά« – Das Schwierige ist schön (Plutarch)
- 82 Musikí ja Húftala
- 89 Eine wirklich demokratische Monarchie
- 98 Bombenstimmung
- 104 Das große Fasten
- 110 Nur frisch gepresst – Apfelsina
- 117 Arti-Schock
- 122 Das Osterwunder
- 126 Kaló Pásha – rote Eier in Griechenland
- 133 Wer so verkehrt, verkehrt verkehrt?
- 141 Alles im Eimer
- 143 Tourismus live!
- 147 In der Bank auf der Bank
- 154 Vorhang auf!
- 163 Der moderne Philosoph
- 168 Knoblauch – gegen Würmer und Vampire
- 171 Jetzt aber bloß nicht Feige ...
- 176 Viagra – im Land, wo Milch und Honig fließen
- 183 Kein Tag ohne – ohne die Zitrone
- 193 Zum guten Schluss
- 195 Rezeptregister
- 199 Biographisches

Für Boss

VORWORT

»Und was willst du mal machen, wenn du alt bist?«, fragte mich vor mehr als 30 Jahren meine Freundin.

»Ich? – Ach, ich kaufe mir ein Schaf, setze mich unter einen Mangobaum und schreibe über das Leben und was mir dabei so alles einfällt.«

Ein Mangobaum ist es ja jetzt nicht geworden, sondern ein Zitronenbaum. Ein Schaf habe ich auch nicht, aber vier Esel. Und schreiben – na, das wird sich herausstellen ...

Und zwar in diesem Fall erst einmal als das, was uns und mir so alles passiert ist, seit wir die nördlichen Gefilde zugunsten der griechischen Sonne eingetauscht haben. Wir, das sind mein derzeit pubertierender Sprössling, mein griechischer Lebensgefährte und meine Wenigkeit, knapp 1,60 m groß, geboren in der schönen Mitte Deutschlands und inzwischen seit einigen Jahren auf den Peloponnes eingebürgert.

Eigentlich wollte ich ja nur eine Anzahl Rezepte aufschreiben, und zwar nur von Früchten, die bei uns draußen im Garten wachsen – im Wesentlichen also darüber, was man mit Zitronen und Orangen machen kann. Aber dann ist die Geschichte doch ausgeufert. Zu irgendeinem Zeitpunkt meinte ein sehr alter und guter Freund von mir lautstark lachend: »Du? – Und Kochbuch? – Das wird eine Satire.«

Über dieser Aussage habe ich dann zunächst betroffen meditiert, bis es mir dämmerte: Das Leben selbst ist eine satirische Komödie – jedenfalls, wenn ich an mein eigenes denke. Und dann war die Idee schlechthin geboren: Ich erzähle unsere Erlebnisse der ersten Jahre als Auswanderer kombiniert mit den Rezepten von allem Möglichen, was bei uns so täglich auf den Tisch kommt! Viele der dargebotenen Staun- und Kochgeschichten wären natürlich griechisch, aber es kämen auch Reste anderer Landesaufenthalte dazu.

Erst nachdem ich hierher gezogen war, fand ich viele Dinge über die Griechen und Griechenland heraus, über die ich mir nie zuvor Gedanken gemacht hatte und die mir völlig neu waren. Klar sprechen die Leute hier Griechisch, aber was hat es mit dieser Sprache auf sich? Klar hatten die Griechen Könige, aber ich wusste vorher nicht, dass sie sie aus verschiedenen europäischen Landen demokratisch importiert hatten. Klar wusste ich, dass die griechische Sprache viele Worte exportiert hat – aber bei manchen war ich schon wirklich sehr erstaunt, als ich sie identifizierte. Ostertraditionen, Weihnachtskobolde und Allzumenschliches, von dem ich nie zuvor etwas gehört hatte. Alles das habe ich zusammengebracht in hoffentlich interessanten Geschichten. Gewürzt mit einer Prise Humor.

Wenn jemand in ein anderes Land zieht, dann steht er oder sie oftmals wirklich netten kleinen Problemchen gegenüber, und zwar komplett ohne jegliche Ahnung, wie sich selbige lösen lassen. Entweder weil man die Sprache nicht kann, oder weil man einfach nicht begreift, worum es eigentlich geht. An viele neue Dinge muss man sich gewöhnen – und das lokale Essen ist nur eines davon. Viele Dinge fallen einem auf, über die man sich aufregen könnte – oder aber man versucht gelassen darüber zu lachen und es in sein Leben zu integrieren.

Alle diese Kleinigkeiten sind hier festgehalten: griechische und für uns neue Traditionen; Amüsements mit Organisationen, Dienstleistern und Institutionen. Kleine Anekdoten – lebendig, vielfältig, mit einem Zwinkern im Auge, aus einem Land mit einer großen Vergangenheit und vielen kleinen Geschichten.

Diese Auswahl von Geschichten soll bewusst kein Reiseführer sein und zum zehntausendsiebenhundertunddreiundzwanzigsten Mal die Akropolis beschreiben oder all die vielen Tempel, Ruinen, Stelen und Plätze. Stattdessen habe ich das als Gegenstand gewählt, was mir täglich in Form von Leben unter griechischer Sonne begegnet ...

VIELE KÖCHE MACHEN VIELE SCHÖNE SACHEN

Schon im antiken Griechenland oblag das Kochen den Sklaven und Frauen, zumindest mal bei Familie Antikopoulos um die Ecke. In den luxuriöseren Häusern wurden dazu eigens Köche angestellt und der Chef des Hauses besorgte die Einkäufe für das Festmahl selbst. Die Frau des Hauses blieb, wo sie damals hingehörte, nämlich ungesehen hinten im Haus.

Wir haben eine gelungene Mischung aus traditioneller und moderner Rollenverteilung gefunden, und Boss ist eher selten in der Küche zu sehen. Boss ist das, was man heute auf gut Deutsch meinen Lebensabschnittsgefährten nennt, und ein typischer Grieche. Beim Einkaufen ist er also dabei und holt alles wieder aus dem Einkaufswagen, was mit einem oder mehreren »E« gekennzeichnet ist oder in der Ingredienzienliste einen Haufen unverständlicher Chemieausdrücke enthält. Im Anschluss kümmert es ihn allerdings wieder wenig, wie das Eingekaufte zu dem wird, was auf den Tellern angerichtet und verspeist wird.

Da ich selbst in meinem früheren Leben auch recht berufstätig gewesen war, musste ich mich an die Rolle von Kinder, Küche und Kirche erst mal gewöhnen. Aber ehrlich gesagt, meine Damen, als ich einmal wusste, wie das so ist, und endlich Zeit hatte für die Fußnagelpflege und für das Dichten und Denken – da hatte ich keinerlei Expansionsbestrebungen mehr. Auch fühle ich mich in meiner traditionellen Rolle keineswegs benachteiligt oder gar heruntergestuft oder unausgefüllt. Ich genieße die Zeit, die ich jetzt habe, das Schwimmen am Strand, das Schreiben, das Arbeiten im Garten, die Zeit mit Boss und Junior und für alles, was mir in den nächsten Jahren noch so einfallen wird. Mein Selbstverständnis und meine Selbstverwirklichung sind also komplett in Ordnung. Ich habe keinerlei Probleme damit, das Autowaschen den Herren zu überlassen, keine schweren Kisten mehr zu schleppen und mich nicht mehr jeden Tag mit einer Reihe profilierungssüchtiger Männer hinter Schreibtischen messen zu müssen.

Vielleicht hat es aber auch mit dem Alter zu tun, dass ich Ruhe und gutes und gesundes Essen mehr schätze. Was auch immer es ist. Ich genieße es, nicht mehr täglich acht Stunden ins Büro zu müssen und meine Kreativität unter anderem auch in der Küche ausleben zu können.

Die Griechen sind Menschen, die das Essen genießen. »Wir essen alles«, sagt Boss. Und dann meint er auch alles. Aber als er seinerzeit zu Ostern genüsslich begann, das Gehirn durch das Auge des Schafskopfes zu zuzeln, machte meine Nichte doch Anstalten, die festlich geschmückte Tafel zu verlassen. Bis heute weiß ich nicht, ob er das ernst gemeint hatte oder lediglich die Toleranzschwäche der Deutschen austesten wollte.

Wahr ist jedenfalls, dass der Vater von Boss irgendwann einmal eine größere Gruppe unterschiedlicher Nationen zum Speisen am Osterfest bei sich zu Besuch hatte – und traditionsgemäß am Spieß gegrilltes Lamm und Kokorétsi servierte, eine griechische Grillspezialität, die quasi alle Schafsinnereien, mit Darm umwickelt, schön kross am Spieß darbietet. Geschmeckt hat's allen – auf die Frage nach dem Rezept hat er allerdings der Dame geantwortet, er würde es nach Ostern zusenden. Hat er auch. Ob die Dame das Rezept ausprobiert hat, wissen wir nicht. Zum Dinner kam sie jedenfalls nie wieder.

Die heutige griechische Küche ist eine sogenannte mediterrane Küche. Viel Olivenöl, viel frisches Gemüse, leicht und leicht verdaulich. Eigentlich sind die Gerichte auch recht einfach zuzubereiten. Salz und Pfeffer reichen in vielen Fällen als Gewürze, und kompliziert Gebratenes oder Gesottenes war sowieso nie mein Fall. Also ich muss sagen, ich habe hier die für mich passende Küche gefunden. Einfach, schnell, frisch und schmackhaft.

Wenn ich heute den Tisch zum Mahle decke, findet sich darauf ein Kunterbunt von Tellern mit verschiedenen Gerichten, oftmals das vom Vortag nochmal kalt. Die Griechen lieben ihre kleinen Appetithäppchen – und darum sind kleine Mengen von vielen verschiedenen Dingen oftmals lieber gesehen als ein großer Braten. Jedenfalls bei Boss ist das so. Er schnäkelt gerne hiervon und davon. Aber das braucht man heute ja niemandem mehr im Detail zu erklären. Das kennen wir. Dafür sind wir Massentouristen ja schließlich schon fast überall einmal gewesen und haben Frankfurter Würstchen an allen möglichen Stränden der Welt genossen.

Die Küche der Griechen ist interessant, schließlich ist es eine der wenigen Küchen, von denen uns seit der Antike durch alle Zeiten hindurch Rezepte, Gerichte und Genüsse erhalten geblieben sind.

Im antiken Griechenland war Getreide natürlich eines der wichtigsten Nahrungsmittel überhaupt. Man verspeiste es als Brei oder Fladen. Fleisch gab es selten. Und wenn, dann war es gekoppelt an vorangegangene Opferrituale. Tiere einfach so schlachten, um etwas zu essen zu haben – das gab es nicht. Die Zubereitung des Fleisches oblag dem »Mageiros«, der zugleich das Tier ausbluten ließ, zerlegte und zubereitete. Also quasi ein Bocuse der Antike. In dem Sinne haben die alten Griechen sogar den Berufskoch erfunden. Fisch und Meeresfrüchte waren wie in vielen anderen Gegenden der Welt als Armenspeise verpönt und erreichten deshalb selten die genussüberladenen Tafeln der damaligen Elite.

Und wer von uns Normalsterblichen wusste, dass auch im griechischen Altertum Vegetarier eine relativ große Anhängerzahl hatten? Platon soll dazu gehört haben und auch Pythagoras zum Beispiel und alle seine Anhänger aßen nichts mit Augen. Das hatte unter anderem auch damit zu tun, dass man im alten Griechenland an Seelenwanderung glaubte – zu mindestens einige – und man wusste ja nie, wen man da schlachtete.

Vegetarismus wurde als Enthaltung vom Beseelten beschrieben und beschränkte sich im Schnitt auf die gebildete, philosophisch interessierte Oberschicht. So erzählt Homer in seiner Odyssee zum Beispiel von den Lotusessern, den Lotophagen, die ausgesprochen friedfertig und nett gewesen sein sollen. Hesiod war davon überzeugt, dass in einem früheren goldenen Zeitalter alle fleischlos gelebt hatten, da die Erde genug andere Nahrung bereitstellte. Die Unterschicht war sowieso größtenteils notgedrungen vegetarisch, allerdings machten die keine Philosophie daraus, sondern waren einfach nur praktisch, weil meistens arm.

Übrigens, nach einer Langzeitstudie des Deutschen Krebsforschungszentrums über mehr als 20 Jahre leben Vegetarier deutlich länger als der Bevölkerungsdurchschnitt. Ein wenig Fleisch dabei soll ja auch nicht schaden, schreiben die da – allerdings wohl nicht in dem Maße, in dem wir heutzutage Wurscht, Würschtschen, Steak und so weiter verputzen ...

Kein Wunder also, dass auch im hiesigen Buch die Anzahl der fleischlosen Gerichte einen beträchtlichen Anteil innehat. Dass eine Freundin nach einem Besuch in Kreta mal meinte, Griechenland sei kein Land für Vegetarier, ist mir unbegreiflich. Wir gehen oft und gut essen – gänzlich ohne Fleisch. Und zu Hause kommt es wahrlich auch nicht häufig auf den Tisch. Also – dann vielleicht doch mal nicht ins Touristenrestaurant um die Ecke gehen für Gyros und Souvláki, sondern ein paar Schritte weiter, wo die griechische Mama noch selbst kocht, und danach fragen. So hat schon manch einer manch eine Spezialität entdeckt.

Aber ich will jetzt gar nicht so viel drum herumreden. Ich habe die Rezepte einfach mal aufgeschrieben – und zwar so, wie ich sie zu Hause koche. Ohne Gourmet und Schnickschnack. Einfache Hausmannskost – nicht ausschließlich griechische. Aber meine. »Essen à la Mum«, sagt mein Sohn und schnalzt mit der Zunge.

Aigion, wie es leibt und bebt

»Na«, fragte Boss grinsend, »was hättest du gesagt, wenn dir jemand erzählt hätte, dass du dein Leben mal in Aigion fristest?« Stolz wandelte Boss mit mir durch die Gassen, die schon seit Tausenden von Jahren ähnlich bewandelt werden. Was hätte ich wohl gesagt, Boss – wahrscheinlich: »Wo ist das denn?«

Heute weiß ich, wo es ist, nämlich in Griechenland am Golf von Korinth. Und schön ist es da. Und da viele der hier erzählten Geschichten genau dort spielen, will ich das Städtchen doch wenigstens kurz vorstellen. Nicht wegen des Tourismus. Zumindest mein Boss und ich sind recht glücklich ob des nur spärlich tröpfelnden Touristenstroms – und das glücklicherweise auch nur in den heißesten Sommertagen. Der Tourismusbeauftragte der Stadt hat vielleicht andere Vorstellungen. Nein, ich erzähle es, weil Aigion eine interessante Geschichte hat und eben ein richtig schönes griechisches Städtchen ist, so griechisch wie Griechenland eben sein soll.

Aigion wird das erste Mal namentlich von Homer erwähnt. In der Ilias erwähnte er es beiläufig auf der Schiffsliste des mykenischen Königs, der auszog, den Trojanern das Fürchten zu lehren und um seine Schwägerin, die schöne Helena, wieder zu ihrem ursprünglich angetrauten Ehemann zurückzuführen. Es hat da Gerüchte gegeben, dass er das vielleicht nicht nur aus purer Nächstenliebe zu seinem Bruder gemacht hat, sondern dass auch Macht und geopolitische Aspekte bei seinem Zorneszug mitgespielt hätten. Aber die waren natürlich nicht so gut in eine Ballade zu verpacken. Deshalb hat sich Homer seinerzeit weniger um die paleoimperialistischen Ideen gekümmert, sondern eben ein richtig gutes Epos verfasst, in dem die Helden noch richtige Helden sind.

Was wir aus der Zeit danach über Aigion wissen, verdanken wir Pausanias, einem Globetrotter der Antike, der ganz Griechenland abgelaufen ist und der Nachwelt etliche Reiseführer hinterließ, die heute recht aufschlussreich für die Geschichtsforschung sind. Im Fall von Aigion erfahren wir dank seiner Gründlichkeit, dass es damals schon einen Süßwasserbrunnen in der Nähe des Strandes gab – noch heute sind in die Strandpromenade die zwölf Brunnen eingelassen, an denen schon seit Jahrhunderten Pferde und Esel der Vorbeiziehenden sowie die Reisenden und Anwohner selbst getränkt wurden.

Pausanias wurde so geschätzt von der städtischen Bevölkerung, dass die Hauptstraße am Bahnhof nach ihm benannt ist, ebenso der 800 Jahre alte Baum, der mit einem Durchmesser von 3,50 m schon so manchem Wanderer Schatten gespendet hat. Ob Pausanias darunter allerdings selbst schon spazierte, ist zweifelhaft. Schließlich hat er seine Bücher schon rund 160 n. Christus geschrieben. So alt wird doch kein Baum! Heinrich Schliemann allerdings, der lustwandelte unter diesem Baum, bevor er Agamemnons Spuren nach Troja folgte.

Aigion muss ein interessantes Städtchen gewesen sein im antiken Griechenland. Und es muss hier ziemlich was los gewesen sein. So erzählt Pausanias von einem Olympioniken, der am selben Tag in mehreren Disziplinen gewonnen hat. Dem hatte man hier eine Übungsturnhalle gebaut. Die gibt es natürlich heute nicht mehr.

Auch die vielen Statuen der Götter, die, im antiken Aigion aufgestellt, ihre Tempel hatten, sind heute nicht mehr zu sehen. Aber für ein damals noch recht kleines Dörfchen müssen das eine ganze Menge gewesen sein. So gab es ein Heiligtum des Asklepios, eines des Dyonisos, des Zeus, der Aphrodite, des Poseidon, der Demeter und eines der Eileithyia, einen Athenetempel und den Hain der Hera, in dem nur die Priesterin das Standbild sehen durfte. Pausanias erwähnte auch ein paar Bronzestatuen, die direkt bei den Priestern zu Hause aufbewahrt wurden, weil sie keinen eigenen Tempel hatten. Also göttermäßig war da ja wirklich beinahe alles vorhanden.

Eine interessante Geschichte gibt es auch zu den Standbildern aus der Stadt Argos – Bronzestatuen von Poseidon, Herakles, Zeus und Athene, die Aigion in Obhut gegeben wurden. Die Vereinbarung war, dass ihnen täglich geopfert werden sollte – das machten die Herrschaften aus Aigion auch, gaben aber die Opfergaben danach direkt an die Bevölkerung weiter. So hatten die Opfer eigentlich nichts gekostet. Trotzdem haben sie sie den Priestern von Argos auch noch in Rechnung gestellt. Da kann man mal sehen – schon damals hatten sich die Grundzüge moderner Ökonomie ausgeprägt. Ob's die Griechen erfunden haben? Wer weiß. Das Wort Ökonomie ist jedenfalls griechischen Ursprungs und bedeutet »Hausgesetz«.

Unter römischer Herrschaft war Aigion dann weniger wichtig. Die fanden Patras besser und praktischer. So mussten sie nicht so weit in den Golf hineinrudern, und der Kanal von Korinth zur Abkürzung nach Athen war ja damals noch nicht gebaut. Bis zum 3. Jahrhundert n. Chr. findet man noch Münzen aus Aigion, danach verliert sich die Spur und Aigion taucht eigentlich erst wieder auf unter dem slawischen Namen »Vostitsa« im 8. Jahrhundert. Danach waren die Venezianer da und schließlich die Ottomanen, bis Aigion als erste Stadt Griechenlands befreit und unabhängig war.

De facto sollen sogar einige der Schlachten bei Boss im Haus geplant worden sein. Und die Vorfahren vom Boss sind heute anerkannte Helden. Kein Wunder, dass die bildliche Darstellung des Unabhängigkeitskrieges in der Form von zwölf Lithografien bei uns im Wohnzimmer hängt. Und jedem Besucher werden die einzelnen Szenen erklärt, als zum Beispiel der Hauptrevolutionsgeneral Karaiskakis seine Fustanella, also sein weißes Soldatenröckchen, lüpfte und dem Kommandierenden der Türken auf dem Schlachtfeld sein blankes Hinterteil entgegenstreckte. Dieser, nicht faul, griff zur Arkebuse und machte ihm mittels eines gezielten Schusses zwischen die Beine die Möglichkeiten weiterer Familienplanung zunichte.

Seit dem 19. Jahrhundert war die Stadt bekannt für den Export von Rosinen und exportierte weltweit den größten Anteil. Boss kann sich noch daran erinnern, wie er als junger Mann zusammen mit einem Freund auf Eseln einen vierstündigen Aufstieg zu dessen Weinstöcken in den Bergen unternommen hatte. Heute werden die Trauben nur noch in geringem Maße für den eigenen Verzehr oder den lokalen Verkauf angebaut und geerntet. Es gibt auch noch einen geringen Export, aber längst nicht mehr in dem Maß wie früher. Die heutigen Vostitsa-Korinthen werden inzwischen in China angebaut, verarbeitet und von dort verschifft. Mein Sohnemann liebt die Trauben, die zu den berühmten Vostitsa-Korinthen verarbeitet werden, geradezu abgöttisch. Sie sind klein, von der Größe her wie Rosinen, eine ganz dichte Traube, rotblau und zuckersüß. Und der junge Mann besteht darauf, sie zu essen wie ein dekadenter Antiker. »Ha!«, sagt er dann, nimmt die ganze Traube genüsslich in die Hand, lehnt sich zurück, Kopf in den Nacken, während sich die Hand mit den Trauben dem geöffneten Mund nähert; und dann werden die einzelnen Trauben mit Zunge und Zähnen heruntergezupft – vorzugsweise liegt man dabei am Strand und genießt die warmen Nachmittagsstrahlen. »So muss das, Mum! So haben das die alten Griechen auch gemacht.« Ja, das ist Lebensfreunde pur – da hätte sich Gott Dionysos höchst selbst dazugelegt und mitgemacht.

Unten am Strand stehen noch die alten Lagerhallen und die Hallen der Papierfabriken, die noch vor fünfzig Jahren vielen Einwohnern Arbeit und Brot gegeben haben. In der neuen Zeit globalisierten Denkens ist das alles anders geworden. Es gibt schon lange keinen Warenhandel mehr, der von Aigion aus verschifft wird. Die Papierfabrik ist geschlossen und auf dem Wochenmarkt finden sich aus der Türkei importierte Zitronen. Ein Großteil der Bevölkerung ist abgewandert nach Athen oder ins Ausland und unterhält, wenn überhaupt, nur noch Sommerwohnungen hier. Heute werden die inzwischen halbverfallenen Gebäude teilweise wieder restauriert, und es lassen sich Cafés,

Bars und Restaurants darin nieder. Also eine richtig schöne kleine Strandpromenade für die, die abends etwas bummeln wollen und dabei noch etwas schnabulieren. Unser kleines Stückchen Paradies, wo jenseits der globalisierten Industrie noch gemütlich und ursprünglich vor sich hin gelebt wird. Ein kleiner Fleck, wo der Mensch noch Mensch ist und auch sein und bleiben möchte.

Da war es plötzlich – mitten in der Nacht! Wir waren gerade nach Griechenland gezogen. Natürlich wussten wir, dass es das gibt. Aber selbst erlebt hatten wir das noch nie. Mitten in der Nacht? Es war noch dunkel: nein, gegen Morgen. Ein seltsames Knirschen. Die Luft war wie elektrisiert. Ich dachte, Sohnemann, der zur Eingewöhnung dicht an Mum gekuschelt eingeschlafen war, wäre aus dem Bett gefallen und wollte mich gerade nach seinem Wohlbefinden erkundigen, als auf einmal ... alles rüttelt sich und schüttelt sich, als wollte es ein lästiges Insekt abstreifen. Die Lampe über dem Bett schwingt hin und her. Das Bett selbst vibriert, als ob eine unsichtbare Hand daran stößt. Wir liegen stocksteif und eine leichte Angst beginnt sich einzuschleichen.

»Gott sei Dank!« Vorbei der Spuk. Noch ein ächzendes Schreiknirschen und dann ist wieder nächtliche Ruhe.

»Mum? War das ein Erdbeben?«, fragt der Kleine vorsichtig leise.

»Ich denke schon! Weiß nicht! Aber was hätte es denn sonst gewesen sein sollen? Was machen wir denn jetzt?«

Sohnemanns praktische Seite kommt zum Vorschein: »Keine Ahnung! Eigentlich sollen wir bei einem Erdbeben auf die Straße gehen, sicherheitshalber. Andererseits, jetzt ist es ja vorbei. Trotzdem ... ach komm, wir gucken mal, was die Nachbarn machen. Die sind ja Griechen und müssen es wissen. So wie die das machen, machen wir's dann auch.«

Bei denen war alles dunkel. Kein Mensch draußen. Die ganze Straße ruhte anscheinend gelassen in Morpheus Armen.

»Na, dann gehen wir eben auch wieder schlafen.« War wohl nur für Ausländer etwas Besonderes.

Boss war allerdings anderer Meinung – sprich, er war sauer. Er habe uns für solche Fälle genaue Anweisungen gegeben. Und die hätten wir auch zu befolgen. Das sei schließlich zu unserer Sicherheit. Und das nächste Mal hätten wir gefälligst unsere Popöchen – notfalls noch in die frisch aus China mitgebrachte seidene Nachtwäsche gehüllt – dekorativ nach draußen zu schwingen und mindestens eine halbe

Stunde zwecks etwaiger Nachbeben zu warten. Punkt! Keine weiteren Diskussionen!

»Yes, Boss!«

Gebebt hat es seitdem ein paar Mal. Meistens tagsüber. Wir gehen dann raus und halten ein Schwätzchen mit den Nachbarn. Bis jetzt waren es glücklicherweise keine großen Beben gewesen.

De facto ist die Gegend um den Golf von Korinth aufgrund seines seismologischen Profils von so großem Interesse, dass es im Rahmen des EU-Projekts »CORSEIS« als Teil des EESD-Programms besondere Beachtung findet. Mit den hier gewonnenen Daten will man neue Modelle zur Untersuchung und Vorhersage seismischen Verhaltens entwickeln – also man möchte gerne vorhersagen können, wann es bebt.

Ganz unwissenschaftlich haben die anwohnenden und erfahrenen alten Leute ihre eigenen Indikatoren und seismischen Antennen. Wenn es von sehr heiß plötzlich zu sehr kalt umschlägt oder umgekehrt, wenn das Wasser im Golf von Korinth plötzlich merkwürdig fluoresziert, wenn es lange keine kleinen Beben gegeben hat, wenn die Tiere sich plötzlich seltsam benehmen – all das und einiges andere sind Anzeichen dafür, dass es in Kürze beben könnte. Oder aber eben auch nicht.

So hat es ja einige Beben im Laufe der Jahrhunderte gegeben. In einer Winternacht im Jahr 383 v. Chr. hat ein katastrophales Erdbeben die ungefähr 10 km von Aigion entfernte Stadt Helike ins Meer versinken lassen und alle Einwohner vernichtet. Noch im 2. Jahrhundert n. Chr. konnte Pausanias einige Mauerruinen in Küstennähe im Wasser schimmern sehen. Später sind auch diese untergegangen. Fünf Tage vor der verheerenden Katastrophe, so berichtet Aelian, seien alle Mäuse, Marder, Schlangen, Käfer und andere Insekten und Kriechtiere aus der Stadt verschwunden und hätten sich auf den Weg in die Berge gemacht. Die Anwohner hätten das seinerzeit zwar gesehen, wussten aber das Vorzeichen nicht zu deuten. Zusammen mit der Stadt wurden auch zehn spartanische Schiffe zerstört, die im Hafen von Helike ankerten.

Heute ist Helike eine archäologische Ausgrabungsstätte, geleitet von Frau Dora Katsonopoulou, die zusammen mit Kollegen ein sehr ausführliches Buch über das antike Helike, seine Einwohner sowie den Stand der Ausgrabungen geschrieben hat. Und wir hatten das Glück, eine eigenhändige Führung von ihr mit Erklärungen direkt vor Ort zu erhalten. Sohnemann hat dann gleich gefragt, ob er bei den Ausgrabungen auch helfen könne, aber das Interesse war minder hoch, als er erfuhr, dass die Helfer dies ohne Entgelt tun. Nur für den Spaß an der Freund und den Eintrag im Lebenslauf sozusagen. Da lümmelte er sich lieber in Doras Regiestuhl und betrachtete das Ganze abstrakt global. »Aufsicht führen kann er«, meinte Kyria Katsonopoulou trocken, »und im richtigen Stuhl dafür sitzt er auch schon.« Ja – früh übt sich ...

Welche Gerichte würden denn zu einer kurzen Geschichte von Aigion besser passen als etwas mit Trauben. Außer genüsslich abzupfen und roh verspeisen machen wir hier mit Trauben noch »Glikó tu kutaliú« – eine Art flüssigerer Marmelade, die auf einem Teelöffel zum Kaffee gereicht wird.

Na, dann machen wir mal eben Kaffeepause auf Griechisch:

»Glikó tu kutaliú«

1 kg Trauben mit einem Glas Zucker überstreuen und eine Nacht in einem Gemisch aus ½ Tasse Wasser und ½ Tasse Orangensaft stehen lassen. (Die Trauben halbiere und entkerne ich, sofern sie Kerne haben.) Ab und zu umrühren. Am nächsten Tag mit 700 g Zucker aufkochen. Wer will, kann auch noch Zimt, Vanille oder ähnliche Gewürze je nach Frucht (geht also auch mit anderen Früchten!) beifügen. Die Mischung dann so lange kochen lassen, bis der Sirup anfängt einzudicken. Das kann rund 45–60 Minuten dauern. Kurz bevor die Traubensüßspeise fertig ist, den Saft von einer Zitrone zufügen. Achtung: nicht

zu dick werden lassen! Es wird ja eine Süßspeise zum Kaffee und keine Marmelade.

Andere Früchte mischt man auch 1:1 Frucht/Zucker und fügt kein Wasser oder Saft mehr dazu. Übrigens, ich esse diese Fruchtsirups auch gern aufs Frühstücksbrot. Tropft dann etwas. Tut aber dem Geschmack keinen Abbruch.

»Haddu kalten Kaffee? – Is das ein Frappé?«

Wer schon einmal in Griechenland war, kennt den Frappé – und schätzt ihn meistens auch – den kalten aufgeschäumten Kaffee, mit dem jeder Grieche am Strohhalm zuzelnd über die Straße läuft. Es hat schon eine Weile gedauert, bis ich diese Spezialität schätzen und lieben gelernt habe – und vor allem machen. Meiner war anfangs nämlich nie geschäumt – eher war ich etwas verschämt beim Servieren. Inzwischen weiß ich, wie's geht. Nämlich so:

Erstmal braucht man dazu einen Mixer. Ohne den geht gar nix. Aber nicht so einen deutschen Handmixer, sondern so eine kleine Drehscheibe – im Allgemeinen bekommt man sie als Milchaufschäumer. Ham'wer so'n Ding – prima! Dann kann es ja jetzt losgehen.

Also löslichen Kaffee ins Longdrink-Glas (ungefähr einen Teelöffel voll, so stark wie man ihn halt trinken will; hier in Griechenland ist das sehr stark und sehr schwarz – Gummi Arabicum, sozusagen). Dann gibt man in das Glas so viel Zucker hinein, wie man möchte. Auf Griechisch heißt »Skéto« ohne Zucker, »Métrio« für den goldenen Mittelweg, was in etwa deutschem Geschmack entspricht, und »glikó«, was dann orientalisch süß ist. Jetzt nicht mehr als zwei Finger breit kaltes Wasser hineingeben. Dann mit dem Milchschäumer anfangen zu mixen. Es entsteht ein Schaum, der langsam nach oben wächst. Wenn das Glas ungefähr halb voll mit Schaum ist, kann man aufhören. So – jetzt aber: mit oder ohne Milch? Falls mit, dann eben jetzt den Schuss Milch vorsichtig hineingeben – so am Glas herablaufen lassen, dass man den Schaum dabei nicht zerstört. Wenn's sehr heiß ist, kommen jetzt noch ein paar Eiswürfel hinzu und dann wird der Kaffee mit kaltem Wasser aufgefüllt, so dass oben am Rand ungefähr 2–3 cm Schaum stehen bleiben. Strohhalm rein. Zuzeln. Klasse.

»Frappé ambassadeuriel«

Das ist die spezielle Schöpfung vom Boss höchstpersönlich. Hierzu braucht man kein Werkzeug außer einem Mixbecher. Ebenfalls die gewünschte Menge Kaffee hineingeben, jetzt einen superkräftigen Schuss Ahornsirup dazu (Honig, wenn man keinen Ahornsirup hat). Den Mixbecher zu drei Viertel mit schöner kalter Vollmilch auffüllen. Deckel fest verschließen. Sofern man nicht auf das nächste Erdbeben warten möchte, kräftig schütteln, bis sich alles gut miteinander vermischt hat. Dann dem Boss zusammen mit einem Keks, ebenfalls Marke Supersüß, überreichen. – Nicht unbedingt die Krönung, aber immerhin ein diplomatischer Kaffeegenuss.

»Griechischer Kaffee mit Zukunftsaussichten«

Egal, ob man ihn jetzt arabischen, griechischen oder türkischen Kaffee nennt – meines Erachtens ist es dasselbe. Und ob es jetzt die Türken waren, die ihn erfunden haben oder die Griechen, diese Frage lässt sich, glaube ich, so wenig beantworten wie die von der Henne und dem Ei. Der Grieche macht den Kaffee pur, die Araber verwenden manchmal zusätzlich Gewürze wie Kardamom beim Aufkochen des Kaffees. Das ist der einzige Unterschied, den ich persönlich feststellen konnte. Aber da ich hier lebe, schließe ich mich natürlich der hier gängigen Meinung an und behaupte steif und fest: Es ist griechischer Kaffee. Was man aber unbedingt können sollte, wenn man schon diesen Kaffee trinkt, ist das Lesen des Kaffeesatzes. Sonst macht die gemütliche Tasse Kaffee nämlich nur halb so viel Spaß.

Also erst mal kochen wir uns einen Kaffee. Dazu nehmen wir ein »Briki«, das ist so eine Art hohes Butterschmelztöpfchen. Hinein kommen pro Tasse ein Teelöffel griechisches Kaffeepulver sowie (wenn gewünscht) pro Tasse 1–2 Teelöffel Zucker. Anschließend nimmt man die kleine Espressotasse und misst damit die entsprechende Menge Wasser ab, direkt ins Briki. Jetzt die Kaffeemischung aufkochen. Immer schön mit dem Teelöffel dabei rühren, hat man mir hier erklärt. Das wäre für den Geschmack. Wenn's bubbelt, ist's fertig. Ab damit in die Tassen und servieren – zum Beispiel mit einem Löffelchen von der Traubensüßspeise auf einem Tellerchen.

Und wenn man ihn ausgetrunken hat, dann vorsichtig die Untertasse umgedreht auf die Tasse setzen, festpressen, ein paar mal hin- und herschwenken, an seine Zukunft denken, meditativ die Augen rollen, und die Tasse wieder schwungvoll umdrehen. Einen Teelöffelstiel zwischen Tasse und Untertasse schieben, damit es schneller trocknet. Abtrocknen lassen. Dann die Tasse mit der linken Hand aufnehmen und festhalten. Rechts vom Henkel fängt man an zu lesen, indem man die Tasse gegen den Uhrzeigersinn dreht – na, und dann mal assoziieren, phantasieren, philosophieren und dem Unwissenden gegenüber imponieren. Alles ist erlaubt – und alles stimmt, was ihr darin seht!

Übrigens, das Lesen kenne ich aus Arabien, nicht aus Griechenland. Macht aber trotzdem Spaß. Nur sollte man es natürlich nicht ernst nehmen, sondern auch als Spaß betrachten!

LOGISCH – DA BEWEGT SICH NIX!

Damals zu Schulzeiten meines Herrn und Gebieters, als die Schulen noch viel besser und gebildeter waren und auch viel mehr Wissende als heute hervorbrachten – damals wurde an guten griechischen Schulen nicht nur die altgriechische Sprache gelehrt, sondern auch altgriechisches Denken, sprich Logik. Meine bessere Hälfte gibt ohne Zögern und Zwinkern zu, dass dieses Fach nicht gerade seine Stärke war, und dass er seitdem auch die Denkmodelle der alten Philosophen nicht detaillierter untersucht habe. Ihm sei die Logikgeschichte seines Logiklehrers damals so in die Glieder gefahren, dass er sich seitdem maximal noch mit Logistik beschäftigt habe. Dabei hatte ihm der Lehrer doch nur dieses einfache Problem zwecks Denkerei überlassen: »Wenn ein Tisch vier Füße hat und ein Esel hat vier Füße, ist dann ein Tisch ein Esel?« Inzwischen haben wir uns vier Esel angeschafft, das sind 16 Füße. Seit Jahren brüten wir jetzt darüber – jeden Sommer im Schatten der Zitronenbäume wird philosophiert –, aber der Antwort zu der Frage, wie viel Tische das nun gibt, sind wir noch nicht näher gekommen.

Philosophen machten sich seinerzeit Gedanken über die Welt an sich und im Besonderen und warum es die Welt wohl gibt und wieso wohl alles genau so funktioniert, wie es funktioniert. Eine der damals geltenden Lehrsätze war der des Parmenides, der behauptete, es gäbe nur das Unendliche Eine und alle Bewegung sei rein illusorisch. Das hat ihm natürlich nicht jeder geglaubt. Klingt ja auch etwas utopisch. Und natürlich haben die diskutierfreudigen Griechen stundenlang drüber debattiert und gerätselt. Auch im Schatten der Zitronen- und wahrscheinlich auch der Pinienbäume.

Zeno als Schüler des Parmenides feilte das Ganze dann noch etwas drastischer aus und hat die »Paradoxa« erfunden. Heutzutage hätte

Zenon, den Aristoteles den Meister der Dialektik nannte, sich die sicher patentieren lassen können. Paradox kommt übrigens aus dem Griechischen und wurde verwendet für etwas, was »pará dóxan« war, entgegen der allgemeinen Meinung und Erwartung ungewöhnlich. Also das Denken der Gedanken bis zum gedankenlosen Denken. Über 40 Paradoxa soll er zusammengestellt haben, jedoch sind nur 200 Worte von ihm erhalten geblieben. Alle anderen Überlieferungen gingen dann via via via – meistens Aristoteles und all die anderen Größen.

Am einfachsten zu verstehen finde ich immer noch das Pfeil-Paradoxon (was dann allerdings Aristoteles später beigesteuert haben soll, wenn ich mich nicht irre). Grundlage dieser Überlegung ist der Gedanke, dass Bewegung aus sich selbstständig Bewegendem besteht, aber nicht aus einzelnen Bewegungen. Einfach ausgedrückt, alles, was einen statischen Platz einnimmt, steht still und sich nicht bewegt. Das klingt gut. Logisch. Was steht, steht. Ist im Ruhezustand, bewegt sich nicht. So ein Pfeil im Flug ist aber in jedem einzelnen kleinen, quasi »eingefroreren« Moment wie im Standbild statisch und im Ruhezustand und bewegt sich nicht. Logische Schlussfolgerung also: Es findet überhaupt keine Bewegung statt. Der Pfeil kann mathematisch-philosophisch gesehen gar nicht fliegen. Denn der Pfeil ist laut Definition ja statisch und nicht sich bewegend. Irre, oder? Da der Pfeil das aber nicht weiß, fliegt er trotzdem!

Übrigens... aus dieser ganzen Logik haben Wissenschaftler von heute das »Quanten-Zenon-Paradoxon« gemacht. Versucht haben sie das mit einem Teilchen, das sich in einem unstabilen Zustand befindet. Nach dieser Erklärung könnten radioaktive Teilchen nicht zerfallen. Darüber sollte mal jemand nachdenken, bevor er diese Teilchen in der Gegend verstreut.

Noch irrer sind die Geschichten um Achilles. Dieser war ja bekanntlich der griechische Held vor Troja, der dort dem Pfeil in der Achillesferse zum Opfer fiel. Der Sage nach war er der schnellste Läufer der jemals auf eigenen Füßen durch den Balkan stob. Also stell dir vor, Achilles steht auf einer Rennbahn am Start und soll ins Ziel laufen. Zeitvorgabe keine. Mach' mal. Achilles legt los – und läuft. Wie ein VW-Käfer. Er läuft und läuft und läuft. Aber er kommt nicht an. Wieso? Na logisch: Er muss immer erst die Hälfte der Strecke erreichen, bevor er weiterkann. Aber diese Hälfte hat wieder eine Hälfte und die Hälfte hat auch wieder eine Hälfte usw. – unendlich viele Hälften gibt das am Ende. Alle diese unendlich vielen Hälften muss er erst einmal ablaufen, was natürlich unendlich lange dauert. Also kann er gar nicht ankommen – oder kann er gar nicht erst starten? Beide Denkmodelle sind möglich und existieren auch. Das Ganze hat sogar einen wissenschaftlichen Namen und nennt sich Dichotomie – vielleicht weil's er*dicht*et ist?

So, und dann haben wir noch den Wettlauf zwischen Achilles und der Schildkröte. Weil die Schildkröte ja langsamer ist als Achilles, bekommt sie 10 m Vorsprung. Und erst danach läuft Achilles los. Wann hat er die Schildkröte überholt? – Das schafft er nie – will man Zenon glauben. Denn jedes Mal, wenn Achilles den Vorsprung der Schildkröte durchlaufen hat, hat die Schildkröte schon wieder einen neuen Vorsprung, den Achilles jetzt auch wieder Punkt für Punkt durchlaufen muss. Und das können die unendlich lange so treiben, ohne dass Achilles die Schildkröte jemals einholen kann.

Na, wisst ihr jetzt, was wir hier so alles im Schatten der Zitronenbäume treiben? Und im Sommer naschen wir dazu:

»Wassermelone mit Feta«

... ein typisch griechischer Snack, von dem ich nie gedacht hätte, dass er schmecken könnte. Aber halt mal ausprobieren an heißen Tagen. Für uns ist das beinahe ein täglicher kleiner Imbiss um die Mittagszeit: Wassermelone in Häppchen schneiden, Fetakäse in Häppchen schneiden, Zahnstocher für jeden, ab in den Schatten und genießen.

»Chtipití« (Schafskäsesalat)

... essen wir als Mittagssnack, wenn meine Schwägerin zu Besuch ist, die das Zeugs morgens, mittags und abends essen kann. Hierzu werden Schafskäse und guter griechischer Sahnejoghurt gemischt. In nördlichen Breitengraden, wenn man weder griechischen noch türkischen Joghurt finden kann, geht es auch mit Quark und/oder Crème fraîche. Dazu kommt Knoblauch nach Geschmack und sehr fein geschnittene grüne Paprika. Salz tue ich selbst nicht hinein, denn der Fetakäse ist uns salzig genug. Aber ein bisschen mehr Pfiff mit Pfeffer gebe ich ihm schon. Dazu gibt es – was sonst? – frisches Brot.

»Tomaten und Gurken in Öl«
... das einfachste griechische Rezept, das ich kenne. Ich weiß allerdings nicht, ob es nur bei uns verbreitet ist. Aber mein Herr und Gebieter findet dies die schönste Art eines mittäglichen Sommersnacks: Tomaten und Gurken klein schneiden, Öl drüber, Brot dazu – fertig! Da fällt's auch gar nicht auf, dass ich nicht besonders kochen kann.

»Gebackener Käse mit Traubensirup«
Dazu braucht man ungefähr ein Viertel Pfund Käse, den man backen kann, 150 g Mehl, etwas Backpulver, 2 EL Zucker, 1 EL Zimt, ein wenig Nelkenpulver, 2 EL Ahornsirup (oder anderen Zuckersirup), 400 ml Traubensirup und Öl. Den Käse zerteilt man in handliche Stücke. Die Gewürze und den Zucker mit dem Mehl vermischen und die Käsestücke darin wenden. Anschließend in Öl ausbacken. Mit Traubensirup übergießen. Dazu schmecken auch frische Trauben. Ein idealer Snack für zwischendurch!

Für den Traubensirup eine Traubensüßspeise von roten Trauben herstellen, pürieren und ggf. noch mit etwas Traubensaft verdünnen.

ÖL IST EIN GANZ BESOND'RER SAFT ...

Ohne Olivenöl geht gar nichts in Griechenland. »Mach ein bisschen Öl drüber!« Der Sohn von Boss war hinsichtlich seines Ratschlags mit Homer und Aristophanes einer Meinung: »Das passt immer!« Und in der Tat kommt hier »ein bisschen Öl« über so ziemlich alles. Broccoli gekocht, Olivenöl drüber, Brot dazu. Fertig ist ein Abendessen. So einfach ist das.

Am besten gefällt mir aber die Version mit dem griechischen Krautsalat. Wer kennt ihn denn nicht? Die typische Version, wie sie der Grieche um die Ecke serviert ... wahrscheinlich aus derselben Fabrik wie die abgepackte Version vom Supermarkt gegenüber ... Genau! Das ist griechischer Weißkrautsalat. So essen und lieben ihn die Griechen – Pustekuchen! Kein Mensch würde das Zeug hier so essen. Jedenfalls keiner, den ich kenne. Hier wird richtiger Weißkohl vom Stück geschnitten und kleingeraspelt. Dazu gibt man auch immer ein paar Möhrenraspeln. Dann werden die Kohl-Möhren-Raspeln auf einen flachen Teller gegeben, mit dem Saft einer Zitrone besprenkelt und mit Olivenöl getränkt. Das ist Weißkrautsalat, wie ihn mein Grieche mag! Der hat noch alle seine Vitamine und Mineralien und kommt frisch von drauß' vom Garten her.

Kochen, Backen, Braten – wir machen alles hier in Olivenöl. Allerdings frittiere ich nicht damit. Die wenigen Male, wo etwas im Öl schwimmend gebacken werden muss, nehme ich Sonnenblumenöl – aber mehr wegen des neutralen Geschmacks. Und mal abgesehen davon, frittiere ich sowieso so gut wie nie.

Lange vermutete man, dass die Olive von Menschen in den Mittelmeerraum gebracht worden ist, bis ein Archäologe eine fossile Versteinerung eines Olivenblattes fand, das beim Ausbruch des Vulkans Thira in Santorini vor 45.000 Jahren eingeschlossen worden war. Daher ist die Theorie hinzugekommen, dass der Olivenbaum zur ursprünglichen Fauna des Mittelmeerraums gehört und eben nicht importiert wurde.

Olivenöl gibt es schon ewig. Ramses, seinerzeit mal Herr über Ober- und Unterägypten, soll es gegen alles eingenommen haben, angefangen bei Zahnweh über Bauchnabelsausen bis zu wunden Zehen. Plinius war der Meinung, dass Wein von innen und Olivenöl von außen ausgesprochen gesund wären und zur Langlebigkeit beitrügen. Demokrit war etwas weniger genusssüchtig und empfahl Honig für die innere Anwendung, stimmte aber mit »äußerlich Öl« überein. Man nahm es zur Körper- und Wundpflege, linderte damit Juckreiz und trug es auch gegen Kopfschmerzen auf. Selbst Hildegard von Bingen, die das Olivenöl über wahrlich lange Wanderwege erreichte, empfahl es gegen alles Mögliche. Sie gebrauchte auch schon die Blätter und das Holz zu Heilzwecken, riet jedoch davon ab, das Öl zu sich nehmen. Vermutlich war es durch den langen Transport vom Süden nach Bingen schlecht geworden. Transportiert wurde es wahrscheinlich auf die altgriechische Methode, in Amphoren. So eine haben wir auch noch heute in der Küche in der Ecke stehen. Und das Öl ist darin immer wohltemperiert und entsprechend kühl und dunkel gelagert.

Olivenzweig und Olivenöl kommt eine ganz besondere Bedeutung zu. Sie erscheinen als Bestandteil von Legenden, Mythen und in der Religion. Wer kennt nicht die Bedeutung des Olivenzweigs? Hier in Griechenland weiß jeder, dass Athene die griechische Hauptstadt in einem Wettstreit mit Poseidon gewann, weil sie einen aus Libyen mitgebrachten Ölbaum in die Erde pflanzte und wachsen ließ. Seitdem sind die Griechen und das Olivenöl untrennbar miteinander verbunden. Und nicht nur beim Essen ist das Olivenöl unverzichtbar. Es hilft auch beim Waschen von Haut und Klamotten, macht die Haare weich und glänzend und verjüngt die Haut. Ist das nicht ein Allround-Talent?

Ich nehme es auch, um die Schlösser im Haus zu schmieren, quietschende Scharniere wieder in Gang zu setzen, Tischplatten von alten Tischen auf Hochglanz zu polieren und Holzfußböden zu pflegen. Beim ersten Mal haben Boss und sein Patensohn Vassilis, unser guter Geist des Hauses, recht seltsam geguckt.

»Was hast du genommen für den Fußboden? Olivenöl? Geht denn das?«

»Ja, wieso denn nicht?«

Inzwischen sind sie an meine kreativen Einsatzmöglichkeiten gewöhnt und fragen mitunter sogar: »Geht das vielleicht auch mit Olivenöl?«

Man kann ja immer mal probieren. Wenn's nicht geht, dann müssen wir uns eben was anderes überlegen!

Meine Schwägerin und Bruder haben allerdings recht entsetzt reagiert.

»Was?! Das gute Olivenöl kippst du einfach auf den Fußboden?«

Sie sind immer ausgesprochen glücklich, wenn wir ihnen einige Flaschen von der hausgemachten Sorte abfüllen und als Mitbringsel überreichen. Sie gebrauchen es auch äußerst sparsam.

»Aber ich habe hier doch eine ganze Amphore voll davon, Kinder! Und wenn die leer ist, dann weiß Vassilis, wo es mehr gibt!«

Trotzdem! Meine deutsche Familie ist der Meinung, es sei der schiere Frevel, dieses Öl für etwas anderes als schmackhafte Speisen zu benutzen.

Und eigentlich ist es das ja auch. Denn Olivenöl ist ja nicht nur für die Mahlzeiten gut, nein, auch im Bad eignet es sich hervorragend. So eine kleine halbe Tasse voll Olivenöl ins warme Badewasser, ein paar selbstgetrocknete Kräuter oder frische Blumenblätter dazu – und man fühlt sich verwöhnt und geborgen wie Kleopatra. Und die Haut wird schön weich und zart. Es gibt die unterschiedlichsten Auffassungen darüber, ob – oder auch nicht – Olivenöl nun gut gegen oder für etwas ist. Da will ich hier im Detail gar nicht drüber »un«-sinnieren. Ich finde es schön und angenehm und darum mache ich es. Ob es irgendwelche Nebenwirkungen hat oder nicht, ist mir nicht bekannt.

Ich nehme Olivenöl auch zur Haarspülung. Dazu wird das Haar vor dem Waschen gut mit Olivenöl eingefettet, Alufolie drüber, damit es gut einziehen kann, und danach gut auswaschen. Da meine Haare ausgesprochen strohig sind und schon immer waren, bilde ich mir ein, dass das nicht schaden kann. Im Gegenteil, es verleiht dem Haar, das ich auf Boss' Wunsch lang und chaotisch fliegend trage – weil ich damit aussähe wie eine durchtrainierte und allzeit bereite Löwenmutter –, etwas Glanz und Spannkraft. Das Auswaschen kann man übrigens auch mit Olivenölseife machen – selbstgemachter natürlich.

Ich mache es einfach so, wie es ein altes Sprichwort sagt:
Nimm Salz wie ein Geizhals,
Essig wie ein Weiser,
Olivenöl wie ein Verschwender
und mische alles wie ein Narr!

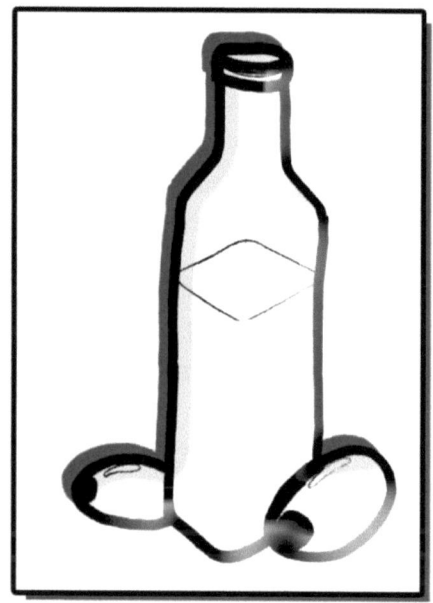

»Griechische Ofenkartoffeln«

Hierbei betreibe ich nicht allzuviel Aufwand. Ich nehme mittelgroße bis große Kartoffeln, schäle sie und schneide sie längs in Achtel. Anschließend koche ich sie in leicht gesalzenem Wasser etwas vor, bis sie schon beinah gar sind.

Vor dem Servieren fülle ich die Kartoffeln in eine feuerfeste Glasschüssel, bestreue sie mit etwas gröberen Salzkörnern und Oregano, gieße eine Tasse Olivenöl darüber und lasse sie im heißen Ofen durchgaren. Gut sind sie, wenn sie an den dünnen Ecken anfangen, etwas mehr als bräunlich zu werden. (Aber mein Sohn sagt immer, ich ließe sowieso alles anbrennen.)

»Kartoffel-Orangen-Salat«

... immer gut für einen heißen Tag. Die Bäuerinnen der Mani auf den Peloponnes nehmen den Salat als Brotzeit mit zur Feldarbeit. Haben sie jedenfalls früher getan.

700 g Kartoffeln, Salz, 2 Orangen, 2 große Tomaten, 2 milde Zwiebeln, 50 g schwarze Oliven, 3 EL milden Essig, Pfeffer, ½ TL Oregano, 3 EL Öl.

Die Zutaten wie üblich zerkleinern und mischen. Mit einer frischen Scheibe knusprigen Brotes eine herrliche Kartoffelzeit.

»Kartoffelsalat mit Joghurt und Knoblauch«

Hierzu nimmt man mehlige Kartoffeln und schneidet sie nach dem Kochen in kleine Würfel. Ein paar gute Zehen Knoblauch ausdrücken, dazu etwas Öl, grob gehackte Petersilie, Salz und Pfeffer. Zum Schluss wird alles mit ein paar Esslöffeln des guten griechischen 10%igen Joghurts zusammengemischt. Wenn der Salat fertig ist, sieht er bei mir beinahe wie grobes Kartoffelpürree aus.

Dazu kann man servieren, was immer man auch zu anderem Kartoffelsalat serviert.

EUREKA – ICH GEH DANN MAL KURZ SUCHEN

Neulich hat sich bei mir eine Freundin über die Unordentlichkeit ihrer Familienmitglieder beklagt. Es scheint, dass jede Frau so etwas zu Hause hat. Eine meiner Freundinnen hat eine Tochter, die alles eben mal schnell zum Aufräumen unter das Bett stopfte. Da ließen sich dann alle im Haushalt verloren gegangenen Gegenstände wieder auffinden. Teller, Tasse, Socken, Teebeutel, Schulbücher, Taschen, Unterhosen, Mamis Lieblingspullover – egal, was verlorengegangen war: »Guck' mal unter Töchterchens Bett«.

Eine andere Freundin berichtete mir, dass sie die Socken ihrer beiden Herren nur als Knöllchen waschen würde. Trotz jahrelangen Bemühens, selbigen zu erklären, dass die Socken nicht zusammengeknüllt, sondern schön auseinandergezogen in den Wäschekorb zu legen sind, sei das noch nicht in deren männliche Hirne vorgedrungen. Und sie war es satt, immer diejenige zu sein, die mit angehaltenem Atem in die verschwitzten Socken greifen müsse, um sie waschfertig zu machen. Also habe sie beschlossen, alles so zu waschen, wie sie es eben bekomme. Getrocknet werden die Knöllchen liegend auf der Heizung und so würde sie sie auch wieder an ihre Herren abgeben: einzeln und als Knöllchen. Ihr Gatte verreise sogar mit Knöllchen. Und so gibt es der Geschichten viele.

Ich habe hier auch zwei Stück Mann. Von den beiden interessiert es auch keinen, wie so ein Teller auf den Tisch und dann über den Umweg von Spülmaschine und Schrank wieder frisch gesäubert auf selbigen zurückkommt. Solange mal einer da ist, ist das kein Problem. Und wenn das mal nicht der Fall ist, wird sofort die im Haus fest installierte Suchmaschine aktiviert: »Mum, wo ist ...?«

Das Zimmer vom Sohnemann sah zeitweise aus wie ein Vogelnest, weil er beim Schularbeitenmachen Sonnenblumenkerne en masse knackte. – Gottseidank ist er einer von der Sorte, die überhaupt Schularbeiten macht! – Er könne sich dann besser konzentrieren, meinte er. Klar doch! Ich bin immer wieder begeistert, mit welch unbändiger Selbstkontrolle, und ohne das Gesicht zu verziehen, Männer einem jegliche Art von Ausreden auftischen.

Eine weitere Angewohnheit von Junior war es, alle Sachen, die er gerade ausgezogen hatte, auf den Boden zu werfen. Und zwar nicht geordnet, sondern auch – wie bei meiner Freundin – knöllchenweise. Hier ein Knöllchen T-Shirt, da ein Knöllchen Socke, unterm Bett ein Knöllchen Hose und dazwischen flogen irgendwo die stinkigen Schuhe umher, die Schulbücher, die letzte Ausgabe von Harry Potter, die Fernbedienung vom Fernseher, der Controller von der Spielekonsole, die geborgte CD vom Schulfreund mit dem letzten Echt-cool-musst-du-unbedingt-gucken-Movie – und das alles war wie bei einem Streuselkuchen mit einer Vielzahl der bereits erwähnten Vogelkerne prachtvoll garniert. Versuch das mal zu putzen. Da kommt man ja schon kaum noch rein. Mit anderen Worten: Es ist nicht zum Aushalten! Das muss sich ändern. Was macht die Hausfrau und Mutter weltweit, wenn sie ein beinahe unlösbares Problem mit der Nachkommenschaft hat? Na klar. Papi! »Wart' du mal, bis Papa nach Hause kommt. Dann kannste was erleben.«

Also habe ich Daddy gefragt – was heißt gefragt, ich habe ihn angefleht, angebettelt, händeringend auf Knien ... aber die Antwort war nur ein lächelnd-mildes »Naja« und »Er wäre ja auch mal so gewesen«. Wem sagst du das, Boss. Ich räume hier ja schließlich auf. Trotzdem aber warf er seinen Motor an und erwog ein paar Lösungen. Die bestanden zum Teil darin, den Sprössling darauf aufmerksam zu machen, dass der Fußboden nicht der geeignete Aufbewahrungsort für eine Vielzahl unterschiedlicher Medien sei. Zum Teil waren sie aber auch sehr kreativ: Wir kauften ihm nämlich einen Basketballkorb mit Netz und schraubten das an die Wand. »Nein, mein Sohn. Nicht zum Basketballspielen und schon gar nicht im Haus. Dies ist für deine

Sachen«. Unten habe ich es zugebunden. Jetzt kann er nach dem Ausziehen seine Sache da reinwerfen. Stolpert keiner mehr drüber und sie sind zum Waschen auch leichter zu finden, zwar immer noch knöllchenweise – aber da arbeite ich noch dran. Seitdem sitzt der Junior abends auf dem Bett und macht Basketballweitwurf mit seinen Klamotten.

Daddy lächelt dazu und findet seine Idee schlichtweg grandios und perfekt. Und ich? Ich räume weiter auf und klage nicht. Nicht umsonst sagt man ja, wir Frauen rächen uns schon während der Erziehung unserer Söhne an unseren zukünftigen Schwiegertöchtern. Und warum sollte diese es dann besser haben als ich. Meine bessere Hälfte ist auch kontinuierlich im »Agápi-wo-ist-Suchmodus«. Und er sucht alles angefangen beim Kaffeebecher über Schuhe, Anzugsjacken, Ausweise, Visitenkarten, Hüte und was man sich nur so vorstellen kann. Ja, ja, ich habe halt ein sehr gutes Gedächtnis. Finde auch immer alle Kaffeetassen und Getränkebecher wieder, Socken und sonstige Kleinteile. Nur die Malediven, nach denen mein Sohn unlängst fragte, die habe ich ihm nicht gesucht. Das Schönste ist ja, dass ich dann auch noch immer Schuld bin: »Du räumst ja immer alles weg!«

»Mum, wo hast du das denn hingelegt? Das lag doch das letzte Mal noch auf der Schlafzimmerkommode.«

»Ja, natürlich, aber das letzte Mal ist sechs Wochen her.«

»Psáchno ja na wrisko« heißt das auf Griechisch – »Ich suche, um zu finden«. Die griechische Sprache ist wesentlich präziser als mein griechischer Mann. Die alten Griechen suchten etwas, um es zu finden. Mein Boss sucht meines Erachtens, weil ihm das »Agápi-suchenlassen« solchen Spaß macht.

Und weil ich heute so viel Zeit mit Suchen verloren habe, kochen wir mal etwas, was schnell geht. Kurz schießt mir noch durch den Kopf, dass der Herr des Hauses Saucen für etwas hält, was nur ein schlechter Koch braucht, wenn das Essen geschmacksmäßig übertüncht werden muss. Er ist kein Saucenfreund und lässt so etwas gewöhnlich stehen. Aber macht nichts, ich habe ja noch die frittierten Zucchinichips und einen Bauernsalat, Bratkartoffeln und dann wird's schon irgendwie gehen. Passend zum Thema des Tages machen wir dann mal:

»Verlorene Eier in Senfsauce«

Das ist sehr einfach. Wir brauchen dazu eine mittelgroße, kleingeschnittene Zwiebel, 6 Eier, etwas Öl, Mehl und Senf. Eier hart kochen. Dann die Zwiebeln in Öl glasig dünsten, Mehl hinzugeben und anschwitzen. Mit kaltem Wasser vorsichtig ablöschen, aufkochen lassen. Das Rühren nicht vergessen, sonst klumpt's (kann man aber hinterher mittels eines Siebes halbwegs in den Griff kriegen). Jetzt den Senf in die Sauce rühren. Dazu nimmt man einen Senf, der einem geschmacksmäßig am besten zusagt. Ein wenig köcheln lassen und zum Schluss die abgepellten Eier hineingeben und mit Salzkartoffeln servieren.

Meine Herren schauten sich das an, probierten vorsichtig und erklärten mir dann, griechischer Logik folgend, dass die Eier ja verloren und somit nicht da wären und auch nicht gegessen werden müssten – und sie dann doch lieber das andere essen wollten. Vielen Dank, Parmenides.

LÍGO PSOMÍ SAS PARAKALÓ – EIN BISSCHEN BROT MUSS SEIN!

»Die Geschichte feiert die Schlachtfelder, auf denen uns der Tod ereilt; aber sie spricht nicht von den Kornfeldern«, sagte Jean-Henri Fabre, französischer Insektenforscher des 19. Jahrhunderts. Recht hatte er, denn wir wissen alle, wer wann wen geschlagen hat, aber wer weiß denn schon, wo und von wem letztlich das Brot erfunden wurde.

Nein, es waren nicht die Schweizer! Sehr zum Leidwesen meiner besseren Hälfte auch nicht die Griechen. Anfangs haben wir Sammler und Jäger die gefundenen Körner geröstet und zu Mus verarbeitet. Erst später am Nil gelang es den alten, damals chemisch schon recht begabten Ägyptern als Ersten, aus Gras Weizen zu züchten und Fladen daraus zu backen. Und schlagartig waren sie bekannt, die Brotesser der Antike – und mordsmäßig respektiert waren sie obendrein. Ob das allerdings nur am Brot lag oder mehr an ihrer sonstigen politischen Führerschaft, möchte ich an dieser Stelle nicht beurteilen. Wofür haben wir schließlich Historiker und Ägyptologen, die über Hieroglyphen brüten. Seit damals ist Brot also technisch, religiös, politisch und naturwissenschaftlich aus unserem Leben nicht mehr wegzudenken. Wir sollten uns wirklich mehr mit den Kornfeldern beschäftigen als mit den Schlachtfeldern. Pflugscharen statt Schwerter – heute noch so aktuell wie damals.

Über den Handel kamen Brot und Getreide schließlich nach Griechenland. Wie vieles bekam auch das Brot eine Gottheit zugeordnet. In diesem Fall die Demeter – die Mutter des Korns. Und bald darauf war der Demeterkult eine feste Tradition im Lande. Demeter war ja verheiratet mit Hades, der sich die Radieschen immer von unten beguckte. Und den Eingang zu dessen Reich vermutete man in Eleusis. Genau dort entstand dann auch die »Brotkirche« mit vielen festlichen

Legenden. Leider hat mir auch mein Grieche zu Hause keine weiteren Angaben darüber machen können, so dass wir demnächst dringend mal nach Eleusis müssen. Nein, nein – nach unten gehen wir noch nicht. Den Herrn Gatten der Frau Demeter besuchen wir erst ferner Zukunft – so in 30, 40 Jahren denk ich – hoff ich, oder später.

Meine bessere Hälfte fragte aber mit ausgesprochen provokativem Augenaufschlag, was denn wir Germanen wohl zu dieser Zeit gemacht hätten, als die Griechen das Brot kultivierten. – Nun, Boss, wir saßen schwankend auf unseren Bäumen – Bier und Met kannten wir schon – grunzten, löffelten Hafergrütze und harrten der Römer, die uns dann endlich Kultur bringen sollten, nachdem sie diese von euch Griechen kopiert hatten. – Küsschen, Boss!

Die Griechen waren seinerzeit in ihrer signifikant kreativen Phase und dachten sich massenweise neue Rezepte aus. Besonders die Bäcker in Athen und Theben sollen berühmt gewesen sein – logisch, die in Sparta machten ja nur, was echt minimal spartanisch notwendig war – vermutlich eine Sorte. Die Römer haben dann bei ihren Übernahmebestrebungen auch das Brot kopiert, Brot und Zirkusspiele veranstaltet und es schließlich überall dort verteilt, wo Alexander der Große vorher noch nicht gewesen war. Das Brot kam also ganz schon herum.

Nach und nach konnte ganz Europa Brot backen. Und da die Maastrichter Kriterien noch nicht eingeführt und der Euro noch nicht erfunden war, hat man die Brotwährung benutzt. Brote wurden zu einer Maßeinheit und man zahlte mit Brotlaiben. Jahrhundertelang.

Wie wichtig Brot im Leben der Menschen geworden ist, belegen zahlreiche Sprichwörter und Formulierungen. »Brot und Salz« gibt's zum Einzug ins neue Haus, »bei Wasser und Brot« sitzt der Eigentümer dann, wenn er ohne »Brot und Arbeit« ist und sein Darlehen nicht mehr bezahlen kann, weil er jahrelang einer »brotlosen Kunst« nachgegangen ist. Aber dafür könnte er dann – Marie-Antoinette fälschlicherweise zugeschrieben – Kuchen essen, falls ihm das Brot ausgegangen sein sollte. »Gnadenbrot« zuzusagen. Aber vielleicht findet er ja auch einen, der sein »Brot mit ihm teilt«.

Neben seiner Aufgabe als Währung und zur Sprachschatzerweiterung hatte und hat das Brot auch eine sehr spirituelle Bedeutung erhalten. So verkündete Jesus seinerzeit: »*Esset, ich bin das Brot.*« Noch heute werden für viele kirchliche Feste traditionelle Brote gebacken.

In Griechenland ist das Brot besonders wichtig. Es gibt keine Mahlzeit, zu der kein Brot auf dem Tisch stünde. »Unser tägliches Brot«, sagt Boss. Zum Essen benutzt man Messer und Gabel, erklärte er unserem Sprössling. Aber statt Messer sei es auch erlaubt, ein Stück Brot zum Gabelfüllen zu benutzen. Mit Brot wird das Öl vom Salat aufgetunkt und die Sauce.

Wir haben einen ganz lieben Nachbarn im Dorf, der uns regelmäßig mit dem allerbesten Honig aus dem Kloster versorgt. Außerdem kommt er auch regelmäßig, um ein bisschen zu plauschen und Neuigkeiten auszutauschen. Bei einem seiner Besuche gaben wir ihm ein paar Euro, die er den Klosterbrüdern geben sollte, die uns dafür namentlich in ihre Gebete einschließen würden. Am nächsten Tag kam er zurück und brachte uns »heiliges Brot« mit – direkt abgesegnet vom Chef sozusagen, von den Mönchen selbst gebacken und mit Brotstempel versehen. So landete es abends bei uns auf dem Tisch und ich erwähnte, dass der Nachbar Irakles es mitgebracht hatte.

Nach einer Weile fragte unser holländischer Gast, Freund meines Sohnes, nach einem anderen Stück Brot. Wieso? Ob ihm das nicht schmecke? – Wüsste er nicht, meinte der Kleine. Er habe es ja nicht probiert. Er dürfe das ja auch nicht essen, er wäre ja nicht in der Kirche und an Gott glauben würde er auch nicht. Wir versprachen ihm, er dürfe und es würde ihm auch nichts schaden. – Oh! – »Lasset die Kinderlein zu mir kommen.«

Das Brot aus dem Kloster war noch ein richtiges handgemachtes Brot. So wie früher. Das heutige Brot ist da gemeinhin anders. Heute kommt industrielles Brot, das man im Supermarkt und bei vielen Bäckereien kauft, mehr einer Mischung Mehl/Chemie gleich, so nach dem Motto 1 Pferd/1 Wachtel für Wachtelpastete. Außer Sonnenblumen und sonstigen verbilligenden Kernen ist alles Mögliche darin zu finden. Sogar Gips und andere verlängernde Materialien hat man schon entdeckt. Zu Hungerzeiten wurden Eicheln ausgekocht, gemahlen und beigemischt, genauso wie mitunter auch Schilfkolben und Binsenrispen. Es wurde Tonerde in den Teig geknetet und gehäckseltes Gras genauso wie Baumrinde.

Ungefähr 300 Zusatzstoffe sind heutzutage im Brot: Stabilisatoren, Emulgatoren, Verdickungsmittel, Mehlbehandlungsmittel, Süßungsmittel, Farbstoffe, Säuren, Konservierungsmittel, Phosphate, Glyceride usw. Zystein ist auch drin – das wird aus Menschenhaar gewonnen. Wieso iiih? Das isst du doch täglich. Auch Amylase aus der Bauchspeicheldrüse vom Schlachtvieh wird im Brot verwendet. Das erstaunt den Vegetarier sicherlich. Diese beiden gelten sogar als »technische Hilfsstoffe« und müssen oder mussten deshalb nicht in der Zutatenliste stehen. Ich bitte hier zu beachten, dass die jeweils neuesten gesetzlichen Bestimmungen gelten. Übrigens, Brotaroma ist auch drin – logisch, auf irgendeine Art und Weise muss der Geschmack ja an das Mehl und die Chemie kommen. So isst angeblich jeder Bundesbürger rund 3,7 kg Zusatzstoffe pro Jahr. Mit freundlichen Grüßen von der Chemie GmbH K.O. KG. – Guten Appetit.

Und – habt ihr jetzt Lust gekriegt aufs Brotbacken? – Na dann, hier sind die traditionellen griechischen Brotrezepte für die ganz besonderen Festtage. Rezepte für normales weißes Brot füge ich nicht hinzu – davon gibt es Dutzende und noch mehr. Und ansonsten – vielleicht doch die Fertigmischung für den Brotbackautomaten selber fertigen? Muss ja jeder selber wissen.

»Tsuréki – das griechische Osterbrot«

500 g Mehl, 1 Würfel Hefe, 100 g Zucker, 100 ml lauwarmes Wasser, 100 g Margarine, Salz, 3 Eier, etwas gemahlener Anis, 1 abgeriebene Orangenschale. Garniert wird mit rotgefärbten Eiern.

Hierzu bereiten wir einen typischen Hefeteig. Also Hefe zerbröseln und mit 1 TL Zucker und Wasser verrühren. Dieses Wasser gießen wir dann zum Mehl in der Schüssel (Mulde im Mehl nicht vergessen zum Reingießen des Wassers). Ein bisschen Mehl in das Wasser rühren und erst mal eine halbe Stunde im warmen Zimmer stehen lassen. Danach alles andere (bis auf die roten Eier natürlich) hineingeben und gut verkneten. Es empfiehlt sich, über etwas nachzudenken, was einen wütend macht. Je wütender man ist, umso besser kann man kneten. Noch einmal eine Dreiviertelstunde im Warmen gehen lassen.

So, jetzt wird nochmal durchgeknetet und dann basteln wir den Laib mit Zopf. Ein Drittel vom Teig nehmen und daraus einen ovalen Laib formen. So ungefähr 30 cm lang. Aufs Backblech legen. Jetzt den restlichen Teig in 4 gleiche Teile teilen und zu 4 einzelnen Strängen ausrollen, die etwas länger sein sollten als der Laib. Jetzt jeweils 2 dieser Stränge umeinanderschlingen, so dass sie aussehen wie ein Zopf. Die beiden Zöpfe auf den Laib legen und etwas andrücken. Zwischen die beiden Zöpfe stellt man das Ei oder die Eier.

Ein Eigelb mit etwas Wasser verrühren und das Brot damit bepinseln. Dann das Brot auf Wunsch mit Sesamkörnern bestreuen und noch mal 15 Minuten stehen und gehen lassen. Das/die gekochten Eier mit Lebensmittelfarben färben, die nicht gesundheitsschädlich sind, und mit Öl einreiben. In die Mitte des Brotes drücken und jetzt ab mit allem für 40–50 Minuten in den Backofen (180 Grad), bis es wunderschön goldbraun gebacken wieder rauskommt. Während des Backens bitte die Eier nicht im Teig lassen, sondern die Mulden mit in Eigröße zusammengeknüllter Alufolie auffüllen. Die gekochten und gefärbten Eier erst einsetzen, wenn das Brot nach dem Backen schon abgekühlt ist.

»Christópsomo – das griechische Weihnachtsbrot«

Zu Weihnachten gibt es dieses köstliche Brot. Jedenfalls war das traditionell so, heute wird es weniger zubereitet und auch die griechische Küche riecht gewürzmäßig eher wie eine deutsche Weihnachtsbäckerei. Trotzdem ist dieses Weihnachtsbrot einen Versuch wert und wird genossen, wie alles, was es nur ab und zu einmal gibt. Das Backen ist mehr eine religiöse Aufgabe als eine hausfrauliche und beginnt mit dem Schlagen des Kreuzes und Fürbitten für Haus und Hof sowie all ihr Inventar, inklusive des lebenden. Es wird am Heiligabend gebacken und am 1. Weihnachtstag verzehrt. Gewöhnlich wird es mit einen A und einem B verziert – Buchstaben, die den Pflug und das Joch darstellen sollen.

500 g Mehl, 1 TL Salz, 1 Päckchen Trockenhefe, 1 Tasse warmes Wasser, ½ Tasse Olivenöl, ½ Tasse Orangensaft, geriebene Schale von 2 Orangen, 150 g Zucker, 150 g Rosinen, 200 g gehackte Walnüsse, 50 g Pinienkerne, 1 TL Masticha (das ist natürlich außerhalb Griechenlands nicht so einfach zu finden, deshalb ersetzt man es mit der gleichen Menge Anissamen), 1½ TL Zimt und genauso viel gemahlenes Nelkenpulver sowie zum Schluss noch einen knappen halben TL Muskatnuss. Für obendrauf Honig, Zitronensaft und Sesamsaat.

Wie auch beim Osterbrot machen wir zunächst einen Hefeteig und lassen ihn inkl. zwischenzeitlichem Kneten insgesamt 2 Stunden langsam vor sich hin gehen. Dann wird er einmal kurz angeknetet, die Zutaten hinzugefügt (vorher schön mischen) und der Teig noch ein paarmal kräftig auf der Arbeitsfläche durchgeknetet und geschlagen. Und noch einmal für eine halbe Stunde stehen lassen.

Zwei runde Laibe formen und jeweils in eine gefettete Backform geben (ein klein wenig Teig übrig lassen) – an warmer Stelle noch einmal etwas gehen lassen.

Jetzt mit dem Restteig ein A und ein B formen und die Laibe dekorieren. Man kann auch etwas anderes machen, was man selbst dekorativ findet. Walnussschalen als Deko mitgebacken sieht zur Weihnachtszeit auch recht putzig aus.

Eine Backpfanne mit ungefähr 2 cm Wasser füllen, in den Ofen stellen und selbigen auf circa 200 Grad vorglühen lassen. Das Brot hineinstellen und nach circa 15 Minuten die Wasserpfanne entfernen. Hitze auf 170 Grad herunterdrehen und noch 30 Minuten backen lassen. Eine Mischung aus Honig und Zitronensaft herstellen, das abgekühlte Brot damit bestreichen und mit Sesamkörnern bestreuen.

Frohes Fest – und viele Geschenke! – und dabei auch ab und zu ans Brot denken!

IN GRIECHENLAND WIRD GEFIEBERT ... UND GEMESSEN

Die Teutonin – ich also. Unerschrocken, staubdicht und wasserfest – dachte ich – und habe mir mit meiner vermeintlichen Stärke gleich im ersten Jahr einen hervorragenden Sonnenstich geholt, obwohl ich immer schön im Schatten geblieben bin. Auch während der täglichen Badestunde bin ich immer schön im Wasser geblieben und habe nicht bratend am Strand gelegen. Allerdings habe ich beim Schwimmen die Haare nicht nass gemacht und auch keinen Hut getragen. Abends war es dann soweit. Kopfschmerzen, Schüttelfrost, Übelkeit – das ganze Programm. Irgendwie schafften es die herbeigerufenen Freunde, Medikamente zu bekommen, obwohl es Samstagabend war und ich ja keinesfalls ins Krankenhaus wollte. Mein Schlafzimmer war voll von anteilnehmenden Nachbarn, die sich auf Stühlen rund um mein Krankenbett niedergelassen hatten und mich alle gehörig bedauerten. Eine Freundin blieb über Nacht bei mir, damit ich nicht allein war, und die Nachbarn kontrollieren noch heute, ob ich auch mit Hut schwimmen gehe.

Das war überstanden. Aber die winterliche Version stand mir noch bevor. Zum Schneeschuhlaufen in die Berge. Schön ist das. Wenn das Wetter nicht allzu kalt ist. Aber an diesem besonderen Tag war es a-kalt. Der Himmel bedeckt, der Schnee trieb vor sich hin. Der Wind blies aus allen Backen und ich hatte meine Jacke Sohnemann gegeben, der erst auf dem Berg feststellte, dass bei seiner der Reißverschluss kaputt war. Als liebe Mama habe ich dann Jacken getauscht und die kaputte mit meinem Schal um die rundliche Hüfte festgebunden. Sohnemann hatte Spaß. Ich hatte es kalt. Noch kälter wurde es auf dem Weg nach unten, da ja bei unserem »Ferrari Punto« die Heizung schlecht beziehungsweise gar nicht funktionierte. Und um die Schneeketten wieder abzunehmen, musste ich Ungeübte auch noch halbwegs unter das Auto kriechen. Kurzum, ich war mehr als durchgefroren, als wir wieder daheim ankamen. Ich war ein Klotz mit Eisbeinen. Und begab mich als solche direkt in die heiße Badewanne. Zwar konnte ich zusehen, wie meine Haut langsam rot wurde, aber warm wurde mir nicht. Auch vor der Heizung nicht. Erst nach zwei Stunden im Bett mit Wärmeflasche spürte ich, wie zentimeterweise die Wärme wieder in meine Glieder kroch.

Ein Freund kommentierte, dass ich wohl ein kaputtes Thermometer habe und dass es nur für konstante 25 Grad geeicht sei.

Apropos Thermometer – Griechen sind thermometerbessessen. Jawohl! Das sind sie. Ich habe noch nie Geschäftsreisende getroffen, die mit ihrem Fieberthermometer auf Reisen gingen, bis ich Boss kennenlernte. Neben seinem Kugelschreiber in der inneren oberen linken Anzugtasche steckt das Thermometer. Egal, wo es hingeht. Das Thermometer muss mit.

Der Name Thermometer leitet sich vom griechischen »*thermós*« = warm und »*métron*« = Maß ab – ist also ein Messgerät zur Erfassung der Temperatur. Das, was Boss bei sich trägt, ist speziell für die Erfassung erhöhter Körpertemperatur ausgelegt und somit ein Fieberthermometer. Boss ist ein Thermo-holiker.

Dabei haben die Griechen das Thermometer gar nicht erfunden. Es waren auch nicht die Herren Celsius oder Fahrenheit. Die Erfindung des Thermometers war recht kompliziert und ist wohl unter anderem auf Galileo Galilei im 16. Jahrhundert zurückzuführen. Insgesamt haben verschiedene schlaue Köpfe über 250 Jahre daran herumgebastelt, bis es endlich ein richtiges Thermometer war. Der Italiener Santorio soll stark beteiligt gewesen sein, ein Holländer namens Drebbels, der Engländer Robert Fludd, selbst Großherzog Ferdinand II aus der Familie derer von Medici trug seine Ideen bei – also alles in allem eine frühe europäische Gemeinschaftsproduktion. Und das konnten sie damals alles einfach so erfinden – ganz ohne EU-Subventionen und -Programme.

In den letzten Jahren – seit ich Boss kenne – ist bei mir mehr Fieber gemessen worden als jemals in meinem gesamten Leben davor. Ich brauche nur einmal herzhaft zu niesen, schwupps! – nestelt und wuselt schon jemand unter meinem Pullover herum, um mir ein Fieberthermometer unter die Achseln zu stecken. Kopfschmerzen, verrenkte Gliedmaßen, Rheuma im Daumen, Tennisarm – Fiebermessen! Keine erhöhte Temperatur – Gott sei dank! Dann kann Boss sich erst mal zurücklehnen und entspannen. Kein Fieber, kann dann auch nicht so schlimm sein. Woher er dieses medizinische Fachwissen nimmt, weiß ich nicht. Muss wohl in griechischen Haushalten so üblich sein. Vermutlich hat das noch mit dem Philosophen Parmenides von Elea zu tun, der seinerzeit in der Antike davon überzeugt war: »*Gib mir die Macht, Fieber zu erzeugen und ich werde alle Krankheiten heilen*«. Jedenfalls ist von uns in den letzten fünf Jahren jeder Millimeter Fiebererhöhung gewissenhaft festgehalten worden.

»Was macht der Sohnemann?«

»Schläft schon!«

»Das ist aber früh, hast du schon Fieber gemessen?«

»Nein.«

»Und wenn er welches hat?«

»Er hat keins!«

»Und woher willst du das wissen, wenn du es nicht gemessen hast?«

Puh! Griechische Gesundheitsvorsorge kann ganz schön anstrengend sein. Zuerst dachte ich noch, das sei ein ganz besonderer Spleen vom Boss. Bis wir dann mal zusammen auf einer Reise waren und ich mich nach einer morgendlichen Fieberinspektion – ich hatte mich geräuspert – im Reisebus über seine Thermometerliebe lustig machte. Uns gegenüber im Bus saß der Herr Kollege und Boss wollte nun doch ein für allemal klarstellen, dass Fiebermessen und die Mitnahme eines Thermometers notwendig sind, und rief seinem Kollegen zu, ob dieser denn ein Thermometer dabei habe.

»Wieso? Brauchst du eins? – Hier!« Triumphierend zog dieser seines aus der Anzugjacke und reichte es herüber.

Da habe ich aber mal verblüfft geguckt, »wie'n Auto«, hätte mein Vater gesagt. Boss lachte selbstzufrieden ob seiner bewiesenen Theorie. Und nach dem Gesichtsausdruck zu urteilen fragte sich Kollege Nikos in Anbetracht unserer unsachlichen Reaktionen, ob einer von uns wohl Fieber hätte.

Achtet mal darauf, wenn ihr einen Griechen trefft. Eben mal kurz fragen: »Haben Sie auch Ihr Thermometer dabei?« Er wird es euch voller Stolz entgegenhalten. Oder aber ich habe die beiden einzigen Thermo-holiker Griechenlands zusammen an einem Tisch gehabt.

Aber eigentlich sind wir bei diesem Geschreibsel hier ja im Kochfieber. Dann gucken wir doch mal, was wir alles noch in der Küche an Resten haben, aus denen wir was machen können. Wie wärs denn mal mit was Süßem? Sind meine Herren immer für zu haben.

»Halvás«

Zement sagt mein Sohn dazu, wenn wir das fertige kaufen und ich es zum Frühstück auf den Tisch stelle. Es wird aber auch in einer Art Gugelhupfform selbst gemacht und man findet es als Nachtisch auf griechischen Buffets. Eine Freundin von mir ist Spezialistin darin – leider verrät sie ihr Rezept nicht, so dass ich dann doch eines aus dem Buch ausprobieren musste. Ist nicht ganz so gut wie ihres. Aber für den Hausgebrauch reicht es.

200 g Olivenöl, 400 g Weizengrieß, 60 g gehackte Mandeln, 30 g Pinienkerne, 30 g Rosinen, 760 g Wasser, 400 g Zucker, Zimtpuder zum Bestreuen.

Wir verrühren den Grieß und das Olivenöl und setzen es in einem Topf bei niedriger Hitze auf. In einem anderen Topf werden das Wasser und der Zucker zusammen aufgesetzt. Rosinen, Mandeln und Pinienkerne dazugeben. Wenn es kocht, den Grießbrei langsam hineinrühren. Dabei aufpassen, dass es nicht klumpt. Wenn der Halvas dann im Topf wegen der Kocherei aufbubbelt, nehmen wir ihn vom Herd und füllen ihn in eine kalt ausgespülte Gugelhupfform, lassen ihn erkalten und stülpen ihn dann auf einen Teller. Mit Zimtpuder vor dem Servieren bestreuen. Guten Appetit!

»Risógalo – Milchreis«

Milchreis ist ein sehr typischer griechischer Snack. Und meine beiden Herren sind echte Milchreisfans. Deshalb habe ich da auch verschiedene Rezepte, die ich je nach Zeit und Laune zubereite:

»Reisbrei mit Pistazien«

50 g Reis, ½ Liter Milch, 170 g brauner Zucker, 25 g nicht gesalzene, gehackte Pistazien, 25 g gehackte Mandeln, ein halbes Schnapsglas Orangenblütenlikör.

Den Reis waschen und anschließend in Wasser eingeweicht eine Nacht stehen lassen. Am nächsten Tag die Hälfte des Wassers weggießen und den Reis zusammen mit dem Restwasser in einer Maschine pürieren. Milch und Zucker in einer Pfanne erhitzen bis der Zucker sich aufgelöst hat. Jetzt des Reispüree hinzufügen und rühren bis es anfängt einzudicken. Dann die Pistazien und Mandeln unterrühren. Topf zudecken und bei sehr niedriger Hitze noch 30 Minuten ziehen lassen. Zum Schluss wird der Orangenlikör untergerührt. Das Ganze in Schalen füllen und vor dem Servieren einige Zeit kühl stellen.

»Reisbrei mit Gewürzen«

50 g Reis, 1 Zimtstange, 4 Nelken, 1 Liter Milch, 100 g brauner Zucker, 4 Kapseln Kardamom, 50 g Rosinen (nach Geschmack), 25 g gehackte Mandeln, ein halbes Schnapsglas Orangenblütenlikör.

Reis waschen und anschließend mit ausreichend Wasser ein einem Topf zum Kochen bringen. Wenn es kocht, die Zimtstange und die Nelken hinzufügen. 20 Minuten leicht kochen lassen, bis der Reis weich ist. Dann das Wasser herausschütten, die Milch hinzufügen und erneut aufkochen. Vom Herd nehmen, Zucker und Kardamom hineinrühren. Zurück auf den Herd, aber jetzt bei niedriger Hitze. Weiterkochen und dabei immer schön rühren, damit der Reis nicht am Topfboden anbrennt. Ungefähr eine Dreiviertelstunde Arbeit ist das jetzt schon. Ja, ja, ich weiß, der aus der Tüte geht schneller, aber dieser schmeckt besser, uns jedenfalls. Wenn alles anfängt, schön anzudicken, dann kann wer will die Rosinen und Mandeln hinzufügen. Anschließend abgedeckt noch weitere 30 Minuten bei ganz niedriger Hitze weiterquellen lassen. Auch hier, wenn's fertig ist, gibt der

Orangenblütenlikör noch das I-Tüpfelchen. Ein halbes Schnapsglas davon unterrühren, in Schalen füllen und ab in den Kühlschrank.

»Erdbeer-Joghurt-Bisquit-Eistorte«

1 Pfund Erdbeeren, 100 g Zucker, 150 ml Wasser, 2 TL Erdbeerlikör (Kirschwasser oder Weinbrand gehen aber auch), 500 g griechischen 10%igen Sahnejoghurt (in Deutschland nehmt Quark dafür), 1 Packung Löffelbisquitkekse.

Zunächst einmal die Erdbeeren säubern und in Stücke schneiden. Ein paar Stücke und ganze Erdbeeren heben wir auf zum Garnieren. Dann 150 ml Wasser mit dem Zucker aufsetzen, warten bis sich der Zucker gelöst hat, danach noch 2–3 Minuten weiterkochen. Dann gibt man die in Stücke geschnitten Erdbeeren in den Zuckersirup und lässt ihn noch 2 Minuten kochen. Nun kommen der Sirup mit den Erdbeerstücken und der Likör in einen Mixer und werden einmal kräftig durchgemixt. Danach stellt man die Mischung in einer Schüssel für 2–3 Stunden in den Gefrierschrank. Nach zwei Stunden wird eine entsprechende Schale hervorgeholt – ich nehme immer die Kuchenform vom Königskuchen – und mit Plastikfolie ausgeschlagen. Der Sirup (ein klein wenig davon für die Dekoration zurücklassen) wird noch einmal durchgeschlagen und mit dem Joghurt vermischt. Für den Geschmack, und damit es besser aussieht, kann man noch ein paar ganze Erdbeerstückchen dazugeben. Anschließend die Löffelbisquit und die Joghurt-Sirupsauce schichtweise in die Form geben. Und wieder kaltstellen: noch einmal für 2–3 Stunden in den Gefrierschrank. Anschließend stürzen und die Plastikfolie entfernen. Zum Schluss noch etwas Sirup darübergeben, dann wird es mit Erdbeeren verziert serviert.

DARF'S EIN BISSCHEN GRAS SEIN?

Nichts ist für mich so urgriechisch wie »Gras«. Chórta (χόρτα) ist die Bezeichnung, die der Grieche allem verpasst, was als Kraut oder Unkraut oder sonst wie grünlich auf dem Boden wächst. Grünzeugs also – oder eben »Gras«, wie Boss mir diese Nationalspeise seinerzeit grinsend vorstellte.

Es gibt die unterschiedlichsten Sorten von Chórta – wir nehmen meistens die rötlichen löwenzahnartigen Blätter oder einfach diese Kreuzung zwischen Löwenzahn und Distel, die draußen im Garten unter den Zitronenbäumen hervorschießt. Viele andere Arten wachsen auf den Bergen ringsumher. Die Griechen haben für jede ihrer Chórtapflanzen einen eigenen Namen: »Vlítha«, »Raídio«, »Kafkalíthra«, »Láppassos« und viele mehr. Im Frühjahr hat mir eine Freundin auch mal Wildspargel von Paros mitgebracht.

Chórta – davon sind hier alle überzeugt, ist ausgesprochen gesund und enthält viele Mineralstoffe und Vitamine, die der Körper braucht. Denn sonst, so erklärte man mir, hätte der Grieche sicherlich die Kriegsjahre nicht überstanden. Während des zweiten Weltkrieges waren Häfen und Zufahrten nach Griechenland teilweise komplett barrikadiert. Essen gab es wenig und das Volk hungerte. Ohne die Fähigkeit, auch aus »Gras« ein Essen zu machen, wären während der kargen Jahre viele verhungert.

Wir haben Chórta probiert – zunächst einmal im Lokal. Heute ist es fester Bestandteil unserer Speisekarte und kommt sehr häufig warm oder kalt auf den Tisch. In Speisekarten findet man es auf die kuriosesten Arten übersetzt: Berggemüse, Wildgemüse, grünes Gemüse nach Jahreszeit. Schaut man in den griechischen Text, heißt es einfach »Chórta«, und der Kellner klärt auf, welche Sorte oder Sortenmix man denn heute hat.

Es hat geschmeckt. Sogar so gut, dass wir uns anschließend Samen mitgenommen haben, um das Gemüse im Garten in Deutschland zu ziehen. Das hat dann zwar insofern geklappt, als es gewachsen ist. Insofern aber dann auch wieder nicht, weil es nicht schmeckte. Ihm fehlte wohl die mediterrane Sonne zum wirklichen Gedeihen.

Dem Herrn Sohnemann hat es sogar ausgesprochen gut geschmeckt. Er fand es todschick, Gras gegessen zu haben – und hat es natürlich gleich beim ersten Besuch auf der Speisekarte eines griechischen Restaurants in Amsterdam gesucht. Und nichts gefunden! Ob sie denn kein Gras hätten, fragte er den Kellner. Der guckte leicht bis schwer verdutzt. »Gras?« Er war Pakistani, der Koch Syrer, in Griechenland war nie einer von den beiden gewesen und Gras ist in Holland sowieso etwas ganz was anderes.

Sein Onkel meinte beim ersten Griechenlandbesuch, Gras sei etwas für Kühe. Es mache ihm auch gar nichts aus, wenn sich andere Bewohner dieses Planeten daran labten, er allerdings nicht – und lud sich grinsend noch eine Portion Souflaki auf den Teller. Für uns sind Chórta ein Standardessen, das uns der Garten draußen ohne weitere Arbeit unsererseits zur Verfügung stellt. Es gibt alle möglichen mondänen und schicken Rezepte, mit untergemischtem Käse, Zwiebelringen, Kräutern, anderem Grünzeugs. Wir hier zu Hause mögen es einfach.

»Chórta – griechisches Wildgemüse«
Ich gehe in den Garten und hole mir eine entsprechende Menge von dieser Löwenzahl-Distel-Mischung, die laut Vassilis eben einfach Chorta heißt. Oder ich bringe mir für einen halben europäischen Dollar ein Bündel voll aus dem Gemüseladen mit. Am liebsten nehme ich persönlich Vlítha, das hat so einen wunderbaren, leicht bitteren Geschmack. In Deutschland bietet sich Mangold oder Löwenzahn an (oder einfach mal auf der Wiese gucken und ausprobieren).

Die Blätter gut waschen, wies mich eine Freundin an. Man wisse nämlich nie, welche Ziegen da drübergelaufen seien. Dann einen Topf Wasser zum Kochen bringen. Das Wildgemüse hinein und eben so 4–5 Minuten kochen lassen. Abtropfen und in eine Schüssel geben. Beim Servieren nehme ich dann die gewünschte Menge, die wir an einem Abend verdrücken, und gieße etwas Olivenöl darüber (beim Fasten ohne Öl). Zitronen zum nachträglichen Beträufeln werden dazugestellt. Sauer macht lustig. Und da mag doch bitte jeder selbst entscheiden, wie lustig er dann werden will. Dazu gibt es frisches Brot und Fetakäse.

Wenn doch noch etwas übrig bleibt oder Gäste kommen oder man die Chorta pur nicht noch einmal so auf dem Tisch sehen will, kann man sie prima im Omelett verarbeiten oder aber zu einer Chórta-Pita, einer herzhaften Törtchenspeise, die im Prinzip wie Spanakópita (mit Spinat) oder Tirópita (mit Käse) zubereitet wird.

»Herzhafte Pita«
Mit Chórta, Käse, Spinat oder ... na, seien Sie mal kreativ!

Hier werden Pites (Mehrzahl von Pita), egal ob süß, sauer oder herzhaft, mit Fílo-Teig gemacht. Das sind hauchdünne Teigblättchen. Man bekommt sie in den nördlichen Breitengraden sicherlich in türkischen Geschäften (unter dem Namen Yufka), mitunter aber auch schon in gut sortierten Supermärkten. Also, den Filo-Teig auf Größe der Backform zuschneiden, Backform mit Öl bestreichen. Alle einzelnen Schichten werden ebenfalls noch einmal mit Öl bestrichen. Man nimmt circa 4 Schichten für den Boden und das Gleiche noch einmal für die Abdeckung. Das Ganze geht natürlich auch (einfacher, werden viele sagen) mit dem fertigen Blätterteig aus dem Supermarkt. Dann gehen Boden und Deckel etwas mehr auf als mit Fílo, aber es schmeckt ebenfalls hervorragend.

Für die Füllung nimmt man, je nachdem, welche Pita man machen möchte:

»**Chortópita oder Spanakópita**«: die gekochten Chórta oder den Spinat, Fetakäse, etwas Milch, 1 Ei, Salz, Pfeffer, etwas Muskatnuss und kleingehackte Zwiebel.

»**Tirópita**«: Fetakäse und noch ein oder zwei andere Käsesorten (suchen Sie mal im Regal etwas schon Geraspeltes, aber keinen Parmesan). Ich nehme hier oft Anthótiro und/oder Chaloumi, aber auch schon gemischte Käseraspeln, etwas Milch, 1 Ei, Salz, Pfeffer und kleingehackte Zwiebeln.

»**Piperópita**« (das ist meine Lieblingspita): Fetakäse und noch ein oder zwei andere Käsesorten, etwas Milch, 1 Ei, Salz, Pfeffer und kleingehackte Zwiebeln. Und jetzt noch für den besonderen Geschmack kleingehackte rote und orangefarbene Paprika unterrühren.

Die Menge richtet sich jeweils nach der Größe der Backform. Im Wesentlichen sollte die Füllung eine gebackene Höhe von 1 cm nicht übersteigen (roh ist es etwas mehr), sonst wird sie zu mächtig und das ist dann auch nicht mehr schön. Also, den Blätterteig oder Filo-Teig auf den Boden der Backform legen, die Füllung draufgeben und glattstreichen, mit Blätterteig oder Filo-Teig abdecken. Schön nochmal mit Öl bestreichen und ab in den Ofen. Vorher aber noch in die servierfertigen Stücke schneiden. 20–30 Minuten bei ca. 150 Grad sind meistens ausreichend. Serviert wird Pita oftmals als Vorspeise oder aber als Snack zwischendurch. Sie wird sowohl warm als auch kalt gegessen. Ich hole mir auch des Öfteren mal eine Spanakopita beim Bäcker, wenn ich in der Stadt unterwegs bin. So eine Art griechische »Curryworscht«. Ein leckerer Snack oder Vorspeise sind auch gefüllte Käseröllchen.

STEIN SCHLÄGT SCHERE – SCHERE SCHLÄGT MAGIE ...

»Jetzt hör halt auf mit dem Rumsuchen. Leg eine Schere auf den Boden. Dann findet es sich schon wieder!« Boss wurde nervös. Sein Flieger ging. Er musste weg.

»Häh?«, oder in besserem Deutsch ein leichtes Wie-Bitte-was-sagtest-du? Was hatte denn nun bitte schön eine Schere damit zu tun, dass ich auf der Suche nach meinem Schal war, den ich sicherlich genau da hingelegt hatte, wo er jetzt nicht mehr war.

Ich lernte.

Die Oma – »Jajá« auf Griechisch – so erzählte der Boss, legte immer eine offene Schere auf den Fußboden, wenn ihr etwas abhanden gekommen war. Irgendwie helfe die Schere beim Wiederauffinden. Und das Ganze erzählte er mit sicherer Miene, ohne selbige zu verziehen, und ernsten, dunklen Augen, in denen kein Funke Schmunzeln schimmerte. – Na sicher doch! Glaub ich glatt.

»Probier es aus! Es wirkt!« Boss kann sehr überzeugend und penetrant sein, wenn er will. Also legten wir mal die Schere hin. Ging immerhin schneller als diskutieren. Er hatte dann Recht und ich meine Ruhe. Nachdem ich Boss am Flughafen abgesetzt hatte und wieder zu Hause war – da guckte ich aber und staunte – da war er ja, der Schal. Unschuldig in die Sofaecke geschmiegt. So als wäre er schon immer da gewesen. Das gibt's doch nicht! Das war zugegeben nicht der Platz, an dem ich ihn vorher gesucht hatte – aber gesehen hatte ich ihn auf der Sofalehne vorher auch nicht. Jedenfalls konnte ich mich nicht so recht daran erinnern – oder?

Der Tage tägliche Routine übernahm wieder das Ruder und hetzte uns durch das Leben und das Ding mit der Schere geriet in Vergessenheit, bis ich das nächste Mal etwas suchte. Mein renitenter Ordnungssinn ist leider dazu auch noch reichlich latent. So eine Art umgekehrt reziprok. Meistens finde ich Dinge, von denen ich gar nicht wusste, dass ich sie verloren hatte. Und ich suchte das, von dem ich glaubte, dass es besonders gut aufgeräumt sei – an diesem supersicheren Platz, an den man sich hundertprozentig nicht mehr erinnern kann.

Wie war das noch? Eine Schere ist ein Werkzeug zum Zerschneiden von unterschiedlichen Materialien in zwei oder mehrere Stücke – sowie zum Auffinden verschwundener und verlorener Gegenstände. Na dann wollen wir mal, Schere! – auf, such!

Und sie fand. Zwar etwas später als ich wollte – aber das gesuchte Ding fiel mir unerwartet an einem höchst eigenwilligen Platz wieder in die Hände. Ich denke, dass ich es wohl da hingelegt haben muss, denn Füße hatte das Ding ja keine. Aber erinnern konnte ich mich beim besten Willen nicht dran.

»Siehste!«, kommentierte Boss selbstzufrieden und mit stolz geschwellter Brust, wie es eben nur ein Mann richtig kann. Er habe es ja gesagt! Er habe es ja gewusst! Er habe halt doch Recht gehabt! Die Jajá! Und überhaupt, die Griechen haben es ja alles erfunden! – »Siehste!«

»Ja, ja – ist ja schon gut.«

Trotzdem – auch bei weiteren Versuchen. Es klappte immer wieder. Irgendeine Magie muss wohl in der Schere sein. Auch beim Feng Shui wird ja eine offene Schere innen an die Eingangstür gehängt, wenn man die bösen Geister draußen halten will. Wird hier wohl ähnlich sein. Die offene Schere wird wohl die kleinen Kobolde, die immer meine Sachen verschwinden lassen, unmissverständlich auffordern, die geklauten Gegenstände wieder rauszurücken. Anders kann ich mir das wirklich nicht erklären.

Inzwischen kennen alle meine Bekannten, Arbeitskollegen und Verwandten den »*Jajá'schen Trick*« mit der Schere. Jeder lächelt, wenn ich es vorschlage – begleitet von diesem mitleidigen Blick, der wohl darauf hinweisen soll, dass Alzheimer vorzeitig eingesetzt hat.

Am schönsten war es bei meiner polnischen Freundin. Natürlich lachte sie: »Ach komm! Nicht schon wieder so was Abergläubisches!« Aber da sie den Schlüssel unbedingt wiederfinden musste – was konnte die Schere denn schon schaden? Wir legten sie in den Flur, wo normalerweise der Schlüssel an seinem Schlüsselbrett hätte hängen sollen und trotz intensiven Umdrehens aller dort vorhandenen Gegenstände keinen Mucks von sich gegeben hatte. Und dann setzten wir uns wie zwei ältliche Damen – um nicht zu sagen, wir sind es ja inzwischen – zum Kaffeeplausch mit Kuchen ins Wohnzimmer. Die nächsten zwei Stunden haben wir alle Bekannten der letzten 20–30 Jahre kräftig durch den Kakao gezogen – »Weißte noch? Was macht denn der? Ist die immer noch ...?« – und dann kam ihr Mann zum Tür herein, der ominöse nicht zu findende Schlüssel baumelte am rechten kleinen Finger, und er fragte, was denn – verd... nochmal! – der Schlüssel in seinen Arbeitsschuhen zu suchen hätte.

Na! Was sagste nun? Stein – Papier- Magie oder Schere?

So, und jetzt ich stehe vor dem Problem, welches Rezept denn wohl am besten zur Scherengeschichte passt? Ach, ich weiß – Krustentiere, in diesem Fall zum Artikel passend solche mit Schere, also Hummer, Krebse und all das Zeugs, was aufgrund seines Farbpigmentes Astaxanthin beim Kochen rot wird. In der Zubereitung macht das keinen Unterschied. Meine Empfehlung ist allerdings, mit dem Essen dieser Krustentiere bei der ersten Einladung des Traummannes etwas vorsichtig zu sein. Ich finde, man sollte sich schon besser kennen, bevor man mit den Fingern im Essen wühlt, die Gabel zum Spaghettidrehen mit pappigen Fingern bedient und beim Auseinanderbrechen der Scheren gegebenenfalls eine Hebelwirkung entfaltet, deren Resultat sich auch der Herr am Nachbartisch von der Krawatte entfernen muss. Außerdem ist Knoblauch drin, was dem ersehnten ersten Kuss unter der Laterne vorm Haus auch nicht gerade zuträglich ist. Oder macht man das heute nicht mehr so?

 **»Krustentiere mit Spaghetti in Tomatensauce«**

Ihr wisst ja sicherlich, dass es Vorschrift ist, noch lebende Krustentiere kopfüber in kochendes Wasser zu geben. Das – so wird gesagt – sei die schonendste Art. Zumeist wird anbefohlen, sie in eine Art Weinsud mit Suppengemüse, etwas Lorbeer, Knoblauch und Salz zu kochen. Das kann ja sein, dass das gut schmeckt. Ich koche sie einfach in Salzwasser (ca. 10–15 Minuten) und lasse sie hinterher in der Tomatensauce noch einmal 15–20 Minuten je nach Größe ziehen. Spaghetti kochen kann jeder . Das braucht man hier also nicht genauer zu beschreiben. Und Tomatensauce für Fisch- und Meerestiere mache ich so, wie ich sie von Enza in Süditalien gelernt habe: Etwas Knoblauch in Olivenöl andünsten. Dann pürierte Tomaten draufgeben. Abschmecken mit Salz und Pfeffer und die Sauce so lange köcheln lassen, bis die Tomaten gar sind. Enza nimmt natürlich meistens frische Tomaten, von denen sie erst die Schale entfernt. Bei den fertigen Packungen Tomatensauce dauert das Kochen weniger lange, aber für den Geschmack sollte man ihr schon etwas Zeit geben. Wer will, kann noch ein Basilikumblatt oder frischen Oregano während des Kochens hinzufügen. Bei Fisch nehme ich allerdings nie getrockeneten Oregano. Während der letzten halben Stunde Kochzeit das bereits vorgegarte Schalentier mitköcheln lassen.

So, wenn alles im Prinzip beinahe fertig gekocht ist, nehme ich das Krustenschalentier wieder aus der Soße heraus und spüle es schnell etwas ab, damit es wieder sauber ist. Dann werden die Spaghetti mit der Tomatensauce gemischt und auf einer Schale angerichtet. Das Biest dekorativ obendrauf setzen und mit dem rechten Hinterlauf am Tellerrand festbinden, damit es nicht davonläuft. Nein – Unsinn! Guten Appetit natürlich!

KALÁ CHRISTÚJENNA – MUM WEIHNACHTET SEHR!

Die schönste Zeit im Jahr – sagt man in Deutschland. Hier in Griechenland ist Weihnachten nicht der höchste Feiertag. Dafür haben wir Ostern. Was man hier allerdings von der orthodoxen Tradition her kennt, sind die 12 Tage vom ersten Weihnachtsfeiertag bis zum 6. Januar, das Dodekahémeron. Und wie überall üblich wird auch hier geschmückt. Eigentlich haben die Griechen früher zu diesem Zweck ein Boot gebaut, oft aus Papier, und mit Lichtern geschmückt. Der heilige Vassílios kam nämlich über das Meer. Inzwischen hat sich der Weihnachtsbaum durchgesetzt und der Weihnachtsteller, der kichernd-tanzende Weihnachtsmann, Mr. Claus, der 50 cm große Rauschgoldengel vorm Kamin, die immergrüne Wickelgirlande mit goldenen Tupfen am Treppenaufgang, die kleinen Kügelchen vor der Fensterscheibe, die roten Plastikweihnachtssterne, die skifahrenden Teddybären, der sich öffnende Tannenbaum, der per Knopfdruck Jingle-Bells jault – man glaubt gar nicht, was sich so alles ansammelt. Und es wird alles verteilt. Alle Jahre wieder und jedes Jahr ein bisschen mehr. »Mum weihnachtet sehr – Mum is christmässing«, sagt der Chef des Hauses dann, wobei er das »ä« in »...massing« so betont, dass es in der Tat nach Messie klingt. Wir sind also für gewöhnlich total kitschig weihnachtsgeschmückt. Selbst mich hab ich schon in eine rote Schleife verpackt. Frohes Fest!

Die Griechen sind inzwischen genauso weihnachtsdekobegeistert wie der Rest der westlichen Industriemenschheit. Die weihnachtlichen Sterne und Embleme über den Straßen hängen hier sogar das ganze Jahr – werden aber nur zu Weihnachten angeschaltet und leuchten dann strahlend zu den aus Lausprechern plärrenden Weihnachtsgesängen von Frank Sinatra und Dean Martin. Wenn sie doch wenigstens griechische Weihnachtslieder spielen würden, murmelt Boss und freut sich in diesem Fall ob der Tatsache, dass seine Hörfähigkeit doch schon erheblich nachgelassen hat.

Das Wichtigste für deutsche Kinder mal vorab. Es gibt am 24. keine Geschenke. Die gibt es nämlich hier erst zu Neujahr. Der Heilige Vassílios bringt sie und kein Weihnachtsmann. Überhaupt Weihnachtsmänner kannte man hier gar nicht, bevor die Touristen sie im Gepäck mitgebracht hatten und meinten, sie müssten die Griechen zumindest im Hinblick auf Weihnachten noch kräftig durchmissionieren.

Am 24. gibt es hier auch nichts Besonders zu essen. Aber das gab es zu meiner Kinderzeit in Deutschland auch nicht. Wer kannte denn damals schon Raclette oder Gourmetten oder Fondue. Nur die Schweizer. Bei uns im tiefen Niederdeutschland aß man am Heiligabend nach der Kirche Kartoffelsalat mit Kochwürschtschen.

Hier ist der ansonsten bedeutungslose Heiligabend der letzte der 40 Fastentage vor Weihnachten, die wie die vor Ostern ohne Fleisch- und Milchprodukte begangen werden sollten. »Sollten«, sagen wir hier mit Nachdruck, denn außer vielleicht den Priestern hält sich kaum jemand daran. Boss konnte sich nicht mal dran erinnern, dass vor Weihnachten überhaupt gefastet wird. Seiner Meinung nach wäre das nur Ostern gewesen. Siehste, dann macht der das jetzt schon über fünfzig Jahre falsch und weiß es gar nicht.

Aber an diesem Abend steckt man die Weihnachtsfeuer an, die während der nächsten 12 Nächte durchbrennen müssen. Ansonsten kommen die »Kalikántzari«. Das sind wirklich hässliche Kobolde, die sich zudem auch noch ausgesprochen hässlich benehmen. Sie kommen durch den Kamin, weshalb man diesen brennen lassen muss – wie die Griechen das heutzutage regeln, bei denen der Santa entgegen aller Traditionen doch kommt, und ob und wie er sich mit den Kobolden den Kamin teilt und ob oder nicht er heiße Füße dabei kriegt – das werde ich dieses Jahr mal beobachten und dann eine Kurzgeschichte darüber schreiben. Meistens erscheinen sie zur Geisterstunde gegen Mitternacht und bleiben dann, bis die Hähne krähen. Das ist dann so gegen Sonnenaufgang, wenn nicht gerade Boss und Sohn unterwegs sind, die zu jeder Tages- und Nachtzeit urplötzlich kichernd anfangen können zu krähen. Zumeist drehe ich mich dann würdevoll um und erwecke den Anschein, dass diese beiden Verrückten keinesfalls in meiner Begleitung sind und sich nur rein zufällig bei mir eingehakt haben.

Diese Weihnachtskobolde – wahrscheinlich weil sie nur an den besagten 12 Nächten rausgelassen werden – sind während dieser Tage ausgesprochene Plagegeister. Was immer auch schiefgeht – man kann mal davon ausgehen, dass sie es waren. Man sagt, sie machen die Milch sauer, löschen das Feuer und knoten die Schweife der Pferde aneinander. Essen soll man keinesfalls stehenlassen. Wenn sie das erwischen, wird es vermatscht und der Kuchen zerdrückt. Sie verstecken die Gewürze, klauen die frischgekochten Würstchen und verschmutzen die frischgewaschene Wäsche. Deshalb, so denkt der praktische Grieche, sollte man während dieser Tage auch nicht arbeiten. Und auch nicht ausgehen – und schon gar nicht allein. Denn wenn dich ein Kalikántzaros erwischt, dann lässt er dich tanzen, bis du umfällst.

Selbst ohne Fachwissen über die Kobolde hatte ich meinem Herrn und Gebieter mitgeteilt, dass ich schon allein aus pur deutschem Aberglauben zwischen Weihnachten und Neujahr keine Wäsche wasche. Basta! Keine weiteren Diskussionen! Mein letztes Wort! – Er nahm es, wie alles, gelassen hin, um mich dann am Silvesterabend in aller Ruhe darauf hinzuweisen, dass er maximal noch einen Tag aushielte und dann entweder jemand waschen oder er sich neue Unterhosen kaufen müsse. – Na, dann, Kalikántzari hin und her, wurde die Waschmaschine eben doch angeworfen. Wir sind ja nicht abergläubisch, oder? Und ob sie mich jetzt beim Wäschewaschen erwischen oder beim Unterhosen kaufen ...

Den Rest vom Jahr, so erzählt das griechische Weihnachtsmärchen, sind die Kalikántzari damit beschäftigt, am Weltenbaum zu sägen, um die Welt zu Fall zu bringen. Sie können nämlich weder die Welt noch die Menschen leiden. Um Weihnachten herum, wenn sie nach einem Jahr Arbeit beinahe fertig sind, hören sie die Gesänge der Menschen und die Gerüche der weihnachtlichen Menschenküche und kommen davon angelockt neugierig nach oben. Dass die Menschen so fröhlich sind, das macht die Kalikántzari richtig böse und mit vielen Streichen versuchen sie, den Menschen das Leben wieder mies zu machen.

Nach der Wasserweihe am 6. Januar, wenn alle Festlichkeiten vorüber sind und das meist auch an den Minen der Menschen ablesbar ist, verziehen sie sich wieder nach unten, um ihr Werk zu vollenden. Inzwischen sind aber die Wunden des Baumes verheilt und so müssen die Kobolde von vorn mit dem Sägen beginnen. Eine Sisyphusarbeit sozusagen. Aber das ist es bei denen von Yggdrasil, dem Weltenbaum, hier im Norden ja genauso.

Des Weiteren gibt es zum Weihnachtsfeste die Sitte, dass Kinder von Haus zu Haus gehen und Lieder singen. Dafür erhalten sie Süßigkeiten und heutzutage manchmal auch Geld. Diese Sitte gibt es ja in vielen Ländern an unterschiedlichen Tagen. Unser Sohnemann macht dabei nicht mit, weil er die Lieder nicht kann.

Dafür aber unser Esel – der ist Grieche, versteht Griechisch und kann auch ganz griechisch ii-aa-en. Zu dem Zweck des Weihnachtssingens haben wir ihn dann prächtig herausgeputzt und geschmückt. Er bekam seinen traditionellen Eselssattel – frischgeputzt natürlich. Hinter seine langen Eselsohren stülpten wir ihm ein Rentiergeweih. So diese Dinger, die man für 2,50 Euro im Baumarkt findet. Zusätzlich erhielt er noch eine Lichterkette mit Sternchen und Batteriebetrieb umgehängt. Unser Weihnachtsesel war fertig und sah prächtig aus. Zur Krönung setzten wir noch den Sohnemann obendrauf, dem wir eine blinkende Weihnachtsmütze verpasst hatten – was hat der sich geschämt!

Der Patensohn vom Boss hat sich gleich grinsend verabschiedet. Er müsse dringend nach Hause. Sprach's, setze sich in seinen klapprigen Pick-up und brauste von dannen. Wir sind derweil selbstbewusst durch die Straßen gezogen. Der Boss, der Esel, sein Reiter, dessen Freund und ich als »embedded journalist«. Boss könne jetzt ohne weiteres als Bürgermeister kandidieren, meinte der Patensohn am folgenden Tag beim Weihnachtsessen. Er sei jetzt stadtbekannt, und zwar ganz ohne Wahlkampagne, Korruption und Spendenskandal. Man hatte ihn inzwischen mit Klatschgeschichten bestens versorgt.

25. Dezember – es ist Weihnachten. Sicherlich gibt es dazu auch in den Kirchen traditionelle orthodoxe Festlichkeiten. Aber da bin ich noch nicht gewesen. Steht im Terminplan für eines der kommenden Jahre. Wir feiern einfach für uns allein oder mit Freunden. Und zumeist beginnen wir mal mit einem richtig guten Essen. Nach all dem »fast« Fasten. Zu jedem Weihnachtsfest gehört in jedem Land spezielles Weihnachtsgebäck. In Griechenland sind das »Melomakárona« und »Kurabiédes«, Butterplätzchen mit Mandeln und viel Puderzucker. Wir mögen die Melomakárona lieber, das ist ein nussartiges Gebäck mit Honigsirup. Sehr süß, viel Kalorien. Ein Dickmacherchen von solcher Konsistenz, dass man nach Weihnachten selbst wie Santa Claus durch die Gegend läuft. Die Rezepte dazu schreibe ich aber nicht auf – ich backe die auch nicht. Ich habe mal so ein Rezept gelesen, aber das sah nach sehr viel ungewohnter Arbeit aus. Ich lasse mir dann lieber von der Nachbarin oder Maria, unserem guten Engel, welche schenken – oder kaufe sie im Supermarkt.

Kochen muss ich aber schon noch selber. Letztes Jahr hatten wir beim Weihnachtseinkauf beim Schlachter ein Wildschweinchen hängen sehen. Das mussten wir haben. »Weißt du, wie man das kocht?«, fragte der zahlende Haushaltsvorstand zweifelnd. Er kennt ja meine Kochkünste. »Naja – schon – auf Deutsch mit Rotwein und so.« »Nein,

nein!« – er schüttelt das schüttere Haupthaar. Er wollte es griechisch. So wie die Mama es gemacht hat. Mit grünen Oliven. »Frag mal Maria – die weiß wie's geht.« Na dann! Kann ja gar nichts mehr schiefgehen.

Vorstellen konnte ich mir das ja nicht so recht. Wildschwein mit grünen Oliven. Bei allem Verständnis für die Liebe zur Olive, aber da dreht sich dem braven Deutschen beim Hören schon der Magen. Macht nichts. Ich bin ja sowieso kein Fleischesser. Mach ich halt ein bisschen mehr Gemüse. Ich habe dann doch nicht Maria gefragt, sondern etwas in einem Kochbuch gefunden. Das musste reichen – und dieses Rezept müsst ihr wirklich unbedingt mal probieren. Das war lecker! Die Kotelettchen und noch ein paar andere Reststücke habe ich dann später aber doch in einer Wein-Öl-Marinade mit viel Rosmarin mariniert und gegrillt. Gab's dann zu Silvester.

Die 12 Tage von Weihnachten enden am 6. Januar. Das ist hier in Griechenland auch ein großer Festtag. Während im Norden und in der katholischen Kirche die heiligen drei Könige gefeiert werden, ist es hier das Fest der heiligen Wasserweihe – Theophánia oder Epiphanías genannt. Gedacht wird an diesem Tag der Taufe Jesu. Auch zu diesem Anlass singen die Kinder am Vorabend bestimmte Lieder, die »Kálanta«. Diesmal um die Kalikántzari wieder an die Arbeit an ihrem Weltenbaum zu schicken.

Nach der Liturgie in der Kirche wandern alle zum Gewässer des Ortes. Bei uns ist das der Golf von Korinth – also schon ein ziemlich großes Wasser. Im Hafen ist eine Tribüne aufgebaut, auf der sich die ortsansässige Priesterschaft versammelt. Oftmals kommt auch der Metropolit selbst, um die Zeremonie abzuhalten. Noch einmal werden einige Worte gesprochen, Kreuze geschlagen, gebetet und gesegnet.

Und dann schaut die gesamte Meute begeistert zu, wie der Priester ein Kreuz ins Wasser wirft. Sobald das die Wasseroberfläche berührt, entledigen sich am Hafenbecken stehende und schon jetzt bibbernde Jünglinge ihrer Bademäntel und springen in die kalten Fluten. Wer als

Erster das Kreuz herausfischt und dem Priester wieder übergibt, wird besonders gesegnet. Sicherheitshalber hat es der Priester an einer Schnur festgebunden – falls die Jungs nicht schnell genug sind. Anschließend darf der Jüngling dann mit dem Kreuz alle Haushalte besuchen und bekommt je nach Alter einen Ouzo oder etwas Süßes.

Wer will, kann sich dann noch ein Fläschchen geweihtes Wasser aus der Kirche mit nach Hause nehmen und in den »Ikonostasi« – den Ikonenschrank – stellen. Das ist der kleine Glasschrank, in dem die Ikonen des Hauses aufgestellt sind, Jesus, Maria und die Namensheiligen. Da hinein platzieren wir das Weihwasser von Epiphanías, neben den Blumen des Epitáphios vom Karfreitag, einigen Lorbeerblätter vom Palmsonntag und dem roten Osterei von der Auferstehungsnacht. Draußen am Schrank hängt das »Kantili«, ein kleines Glas, das mit Olivenöl gefüllt ist, in dem ein Docht schwimmt. Wir stecken diesen Docht zum Beispiel mit der Auferstehungskerze an – in der Nacht vom Ostersamstag zum Ostersonntag. Für gewöhnlich wird er angezündet zu einem Gebet oder um den Segen für die Familie zu erbitten. Unser Segensschrank hängt vorschriftsmäßig wie alle Altäre gen Osten und ist ein prächtiges, antikes Teil.

Nachdem wir jetzt mit so viel Ernst die 12-Tage-Feierlichkeiten von Weihnachten beschrieben haben, will ich nun doch auch noch die Rezepte verraten. Und da jetzt nicht gefastet werden darf, dann mal hier die mit Fleisch.

»Fleisch mit grünen Oliven«

Es eignen sich Lamm, Ente, Wildschwein, Gans, Schwein sowie Rindfleisch – der Schlachter portioniert es direkt, wenn man es kauft. Des Weiteren nimmt man für einen durchschnittlichen Braten für 4 Personen: 3 fein geschnittene Tomaten, 2 fein geschnittene mittelgroße Zwiebeln, 180 g Olivenöl, 300 g große grüne Oliven (die von Kalamata, natürlich), 2 Lorbeerblätter, Nelken, Zimt, 1 Glas Weißwein,

1 Knoblauchzehe, Rosmarin, Salz, Pfeffer, 2 Gläser heißes Wasser (oder mehr, je nach Bedarf).

Das Fleisch rundherum im Öl anbraten. Zwiebeln dazu und anbräunen, bis sie glasig sind. Dann alles mit Wein ablöschen. Jetzt Tomaten, Oliven, Knoblauch hinzugeben und kurz umrühren. Am Schluss die Gewürze dazugeben und abschmecken. Mit Wasser auffüllen und 1 ½ Stunden bei mittlerer Hitze schmoren lassen. Falls es nicht gar ist, etwas länger. Dazu schmeckt alles, was man beim deutschen Braten auch als Beilage nehmen würde. Allerdings keine Salatsaucen mit Sahne.

»Schweinefleisch mit Zitrone und Staudensellerie«

Hierzu brauchen wir ungefähr 3 Pfund Schweinefleisch und 4 Pfund Sellerie, aber die Stauden- und nicht die Knollenausführung. Des Weiteren 2 ganz fein geschnittene Zwiebeln, Olivenöl, Saft von einer Zitrone, Salz, Pfeffer und Wasser.

Den Sellerie in circa 5 cm lange Streifen schneiden, in kochendes Wasser geben und ungefähr 10 Minuten kochen. Auswringen und zur Seite legen. In einem Ofentopf die Zwiebeln in Öl anbraten, dann das gewürfelte Schweinefleisch dazugeben, ebenfalls anbraten und mit Wasser ablöschen. Das Fleisch ungefähr 45 Minuten kochen lassen. Dann mit Salz und Pfeffer würzen, den Sellerie hinzugeben und noch einmal eine halbe Stunde vor sich hin köcheln lassen. Nicht rühren, sonst zerfällt der Sellerie. Nur den Topf ab und zu schütteln, damit das Fleisch nicht festpappt. Wenn nötig, mit weiterem Wasser auffüllen. Ganz zum Schluss den Zitronensaft hinzufügen und durch Bewegen des Topfes verteilen. 10 Minuten einziehen lassen und servieren.

»Schweinerollbraten mit Backpflaumen«

Das gab es bei einer Freundin und das Rezept habe ich erfragt und später ausprobiert. Hierzu wird ein großes Stück Schweinebraten gekauft, den man sich beim Schlachter als Rollbraten zurechtschneiden lässt, so dass man ihn später selbst füllen kann. Gefüllt wird der Braten mit Backpflaumen, die eine Nacht Schwimm- und Tauchübungen in Mavrodaphne-Rotwein hinter sich haben. Den Braten wickeln oder in ein Netz geben und dann wie einen gewöhnlichen Schweinebraten weiter bearbeiten und kochen. Dazu gibt es Brat- oder griechische Ofenkartoffeln und frischen Salat.

»Hühnersuppe Avgolémono«

Dies ist ein sehr traditionelles griechisches Gericht und wird oft als erster Gang serviert. Hierzu bringen wir ein Huhn zum Kochen. Das kann ja jeder. Allerdings nehmen wir hier wirklich nur das Huhn, und das kocht ganz ohne alles und allein im Topf vor sich hin, bis es gar ist. Dann holen wir das Huhn heraus und filtern die Brühe einmal ab. Die gefilterte Brühe bringen wir wieder zum Kochen und fügen jetzt hinzu: ungefähr 2 Tassen Reis, Salz, Pfeffer, Oregano und einen Schuss Olivenöl. Die Brühe bei geringer Hitze kochen lassen, bis der Reis gar ist. In der Zwischenzeit das Huhn von seinem Skelett befreien und das Fleisch kleinschneiden. Für das Avgolémono: Mit dem Handmixer das Eiweiß von 2 Eiern schaumig schlagen. Wenn der Eierschnee fertig ist, langsam etwas Wasser, das Eigelb und den Saft von 2 Zitronen hinauflaufen lassen. Dabei immer weiter mit dem Handmixer rühren. Danach eine Tasse Brühe ebenso langsam einlaufen lassen. Wenn das Avgolémono fertig ist, langsam in die Suppe einlaufen lassen und durch Bewegen des Topfes verteilen. Die Suppe sollte nicht mehr kochend heiß sein, sonst gerinnt die Eiersauce. Das Hühnerfleisch hinzufügen und servieren.

Silvester
Auf Griechisch oder Holländisch – oder wie?

Nach einigen Jahren, die wir unter der Höhe des Meeresspiegels verbracht haben, hat sich der Sohnemann eine Liebe zur holländischen Kultur, Küche und Tradition bewahrt. So ist es auch in Griechenland noch Jahre später üblich, dass zwischen Anfang November – also wenn Sinterklaas in den Niederlanden üblicherweise mit seinem Gaul Amerigo und seinen schwarzen Pieten ankommt – und dem 6. Dezember – wenn er, nach ausführlicher Kinderbeschenkung das Land wieder Richtung Spanien verlässt – bei uns mindestens ein Schuh zum Stolpern vor der Haustür steht und der inzwischen recht groß gewordene Teenager abends vor dem Schuh sein »Sinterklaas-Kapoentje-Lied« singt. Auf Nachfragen erklärt er uns dann, er glaube aufrichtig und von Herzen an alles, was Geschenke bringe. Zu Weihnachten wird Santa Claus genauso nett empfangen – und hier in Griechenland nehmen wir auch den Aghios Vassílios noch mit. – Oh, kommet Geschenke, oh kommet doch all!

Unser Herr und Meister ist bei manchen Dingen schon sehr griechisch – hauptsächlich, wenn es um Traditionen geht. Recht hat er – ein Volk, das seine Traditionen vergisst, verliert seine Seele. Wir begehen also traditionelle Feste auch traditionell. Nur »patchworken« wir mit den Traditionen inzwischen ein bisschen herum.

An Neujahr wird der heilige Vassílios gefeiert. Er sieht laut Abbildung so ähnlich aus wie der Nikolaus oder Weihnachtsmann, allerdings kommt er ohne schwarze Pieten und ohne Knecht Ruprecht im Schlepptau. Und mit dem von Coca-Cola als Werbegag in den 50er Jahren erfundenen dickbäuchigem Santa Claus mit weißem Rauschebart hat er erst recht nichts zu tun. Früher bekamen die Kinder ihre Geschenke am 1. Januar von ihm – zumeist in einem Strumpf. Heute ist diese Tradition beinahe gänzlich verschwunden und das kommerzielle Weihnachten à la Coca-Cola hat sich auch in Griechenland durchgesetzt.

Übrigens, den heiligen Nikolaus gibt es auch hier. Er hat seinen Namenstag auch am 6. Dezember, ist aber der Schutzheilige der Seeleute und hat weder mit Geschenken noch mit rotgekleideten Dickbäuchen was zu tun.

Am Silvesterabend, also noch am 31. Dezember, gehen die Kinder von Haus zu Haus und singen die »Kálanta«. Das ist ein spezielles Lied zur Ankündigung des Feiertags des heiligen Vassilios und des neuen Jahres. Dafür gibt's Süßes oder ein bisschen Geld von den Zuhörern. Diese Runde machen wir gewöhnlich nicht mit – wir haben ja schließlich am Heiligabend schon einmal zum Dorfklatsch beigetragen, wenn wir unseren Esel mit aufgestecktem Geweih und Lichterkette zum Rentier trimmen und damit eine Runde durch die Nachbarschaft drehen.

Zu Silvester trifft man sich hier mit Freunden, und es werden Karten oder auch Glücksspiele gespielt. Ich habe mir sagen lassen, dass zwischen Weihnachten und Silvester sehr viel »gezockt« wird. Der ursprüngliche Gedanke war einmal gewesen, an Silvester beim Warten auf das neue Jahr für das Glück zu spielen, so wie in Deutschland Blei gegossen wird. Früher hat man allerdings eher um Kastanien und Bohnen gespielt als um Geld.

Wir treffen uns für gewöhnlich mit Freunden und lassen es langsam angehen. Ein gemütliches Essen und dann wird gequatscht, bis es zwölf schlägt. Nach der obligatorischen Runde Sekt wird der Abend dann mit der »Vassilópita« beschlossen, einem runden Kuchen, mit Puderzucker bestreut und mit einem eingeritzten Kreuz. Eingebacken ist eine Geldmünze. Der heilige Vassilios, Bischof von Kleinasien, wo vor ihrer Vertreibung Anfang des 20. Jahrhunderts sehr viele Griechen lebten, hatte seinerzeit im 4. Jahrhundert nach Christus seinen Mitmenschen ob der Plünderungen seitens des römischen Kaisers Julian geraten, ihre Wertsachen in Brote einzubacken, um sie in Sicherheit zu bringen. Meistens hatten sie Glück und konnten so ihr Hab und Gut retten. In Erinnerung daran, also auch heute noch zum Namenstag des Heiligen am 1. Januar, wird das »Flouri« als Glücksmünze im Kuchen eingebacken.

Der Anschnitt des Kuchens erfolgt immer durch den Herrn des Hauses und in bestimmter Reihenfolge: Zuerst wird der Kuchen gemäß dem eingezeichneten Kreuz aufgeschnitten, dann folgen jeweils ein Stück für Jesus, für den heiligen Vassilios, das Haus und die Armen – danach eins für jedes Familienmitglied angefangen beim Hausherrn und dann altersmäßig nach unten bis zum jüngsten und ganz zum Schluss kommen die Familienangehörigen dran, die nicht da sind. Wer die Münze findet, hat Glück gehabt – und darf nächstes Jahr den Müll runtertragen. Ich mal wieder.

Diese Zeremonie ist nicht so im Sinne unseres Sohnes, der noch bleibende Erinnerungen aus dem Norden Europas im Herzen trägt. Silvester auf Griechisch ist dem Herrn zu langweilig. Gewöhnt an Tschingderassa und -bum fehlen ihm laute Musik, Tanz, Krach und Feuerwerk.

»Kann ich dann wenigstens Oliebollen und Appelflappen haben?«
»Kannst du, mein Sohn.«

Oliebollen, wörtlich übersetzt Ölkugeln, sind deutschen Krapfen ähnlich und ein traditionelles holländisches Fettgebäck, das zu Silvester einfach nicht fehlen darf. Es gibt verschiedene Theorien über den Ursprung dieser Tradition. Am schönsten finde ich die, die auf die alten Germanen zurückgeht. Zum Julfest – das die Christen später einfach in Weihnachten umgetauft haben – trieben Göttin Perchta und viele andere schlechte Geister ihr Unwesen. Um diese zufriedenzustellen und dafür zu sorgen, dass sie im neuen Jahr nicht unnötig viel herumspuken, hat man Ölkugeln gebacken und sie ihnen geopfert. – Mmmh! Götterspeise sozusagen.

»Omas Oliebollen«

1 kg Mehl, 1 Liter lauwarme Milch, 80 g Hefe, 80 g (weiche) Butter, 80 g weißen Kristallzucker, Saft von 1 Zitrone, 10 g Salz, 3 Eier, 175 g Rosinen und/oder Korinthen, Puderzucker.

Und so wird's gemacht: Zuerst einmal die Korinthen und/oder Rosinen in lauwarmem Wasser quellen lassen. Damit kann man schon beginnen, bevor man an das Backen geht, denn die dürfen ruhig ein Stündchen im Wasser vor sich hin quellen. Anschließend lässt man sie in einem Sieb austropfen. Die Hefe in lauwarmer Milch auflösen. Das Mehl in eine große Schüssel schütten und in der Mitte eine kleine Vertiefung machen, dort hinein dann Butter, Eier und Zucker geben. Jetzt die lauwarme Milch mit der ausgelösten Hefe dazu und alles langsam zu einem Teig verrühren, bis eine glatte Masse entsteht. Zitronensaft hinzugeben und gut unterrühren und anschließend das Salz hinzufügen. Zum Schluss gibt man die Rosinen/Korinthen und, wem's schmeckt, noch Zitronat oder Orangeat hinzu. Ich mache immer auch einen Teil ohne diese Zutaten, da meinem kleinen Herrn des Hauses Zitronat und Rosinen nicht schmecken. Den Teig gehen lassen. Das kann man recht gut in einem leicht angeschalteten Backofen von so ungefähr 30 Grad oder dicht neben der Heizung. Die Schüssel mit einem Geschirrtuch abdecken. Nach ungefähr 30 Minuten kann man den Teig durchkneten und dann anschließend noch einmal gehen lassen. So machte es jedenfalls die Oma. Nach weiteren 30 Minuten ist der Teig von seinem Gehen zurück und es kann gebacken werden. Also Öl in einem großen Topf aufs Feuer setzen und heiß werden lassen. Achtung: Hat das Öl erst einmal gekocht, die Hitze herunterstellen, damit es nicht zu heiß ist, sonst werden die Bollen außen schwarz und bleiben innen roh. So, jetzt nimmt man zwei Löffel (Metall empfiehlt sich dazu. Das habe ich herausgefunden, nachdem mein erstes Salatbesteck im Öl dahingeschmolzen war und der Löffel nach Dali-Art gebogen wieder aus dem Fett herauskam). Mit dem einen Löffel Teig aufnehmen und diesen mit dem anderen Löffel ins Fett schubsen und ausbacken lassen. Serviert wird der Bollen kalt und man stippt ihn in Puderzucker, den man dazu reicht.

»Appelflappen«

... oder *Apfelbeignets* in etwas gepflegterer Sprache, sind wesentlich einfacher zu machen. Man schält die Äpfel und schneidet sie in dicke Scheiben. Im Prinzip wird eine Art Pfannkuchenteig gemacht: 1 EL Mehl, 1 Ei, 2 EL Zucker, so viel Milch, dass es nicht dünnflüssig wird, sondern zäh ziehend vom Löffel abtropft, zu einer glatten, nicht allzu flüssigen Masse zusammenrühren und mit etwas Zimt würzen, die Apfelscheiben darin wenden und anschließend in Öl ausbacken. Die Menge des Teigs ist logischerweise abhängig von der Menge der Äpfel und der Menge, die man gerne machen möchte. Auch Appelflappen kann man vor dem Servieren mit Puderzucker bestreuen.

»Vassilopita – griechischer Neujahrskuchen mit Glücksmünze«

Saft und Schale von 1 Orange, 250 g Margarine, 250 g Zucker, 6 Eier, 4 EL hausgemachter Orancello (für die, die Orangenlikör nicht selber machen, geht auch Grand Marnier), etwas Zimt, 500 g Mehl, Backpulver, 100 g Walnüsse (ungemahlen oder gemahlen, je nach Geschmack), Puderzucker.

Daraus einen normalen Rührkuchenteig backen. Die Münze nicht mitbacken, sondern hinterher hineinschieben, wenn der Kuchen fertig ist: Man packt sie in Alufolie ein und schiebt sie vorsichtig in einen Schlitz, den man zuvor in die Unterseite des Kuchens gemacht hat. Vor dem Anschneiden mit reichlich Puderzucker besteuen und wer Lust hat, kann die neue Jahreszahl mit Schokolade obendrauf schreiben.

»ΧΑΛΕΠΑ ΤΑ ΚΑΛΑ«
DAS SCHWIERIGE IST SCHÖN (PLUTARCH)

Griechisch ist nicht einfach nur Griechisch, Griechisch ist eine Geschichte mit einer Schrifttradition von über 3400 Jahren. Nur die Chinesen haben schon länger verständlich geschrieben als die Griechen. Schon bevor der indogermanische Einfluss in Griechenland begann, haben die Einwohner der heutigen Hellas gesprochen. Logisch, oder? Die indogermanischen Griechen trafen nämlich auf eine kulturell höherstehende Kultur als ihre eigene, die der Pelasger. Von deren Sprache sind noch Reste im jetzigen Griechisch zu finden, wie zum Beispiel das Wort »Thálassa«, das Meer.

So wie immer, Sprachen sind ja nicht dumm und entwickeln sich weiter. In diesem Fall in das Mykenische (1500 v. Chr.). Die mykenische Sprache ist uns hauptsächlich deswegen bekannt, weil die alten Mykener den Inhalt ihrer Amphoren außen auf ihre Oberfläche beschrieben haben und zwar in einer Strichschrift, die heute wissenschaftlich den Namen »Linear B« trägt. Als man sie 1952 entziffert hatte, stellte man fest, dass es sich um so etwas wie Griechisch gehandelt haben muss und dass die Schrift eigentlich ausschließlich für administrative Zwecke an den Fürstenhöfen genutzt wurde.

Nach den Mykenern entschlossen sich die Griechen, das phönizische Alphabet genauer unter die Lupe zu nehmen. Das mit den Strichen war wohl doch nicht so einfach. Man entwickelte noch ein paar Vokalzeichen, änderte ein bisschen was dran rum und hatte so die griechischen Buchstaben (800–300 v. Chr.) erfunden. Ideal! Denn jetzt konnten Homer, Platon, Aristoteles, Zeno, Sokrates und alle anderen griechischen Dichter und Denker endlich ihre Gedanken und Überlegungen aufschreiben. Da das Dichten und Denken zu einem sehr großen Teil in und rund um Athen stattfand, hat sich dann auch der attische Dialekt als der herauskristallisiert, der für die Entwicklung der griechischen Sprache dominierend wurde. Und so waren die ersten Philosophen der Weltgeschichte im Stande, die Anfänge von Kunst und Kultur des Abendlandes auf seinerzeit noch Stein und Papyrus für die Ewigkeit festzuhalten.

Damit hatten die Griechen nicht nur für sich eine Möglichkeit des Schreibens gefunden, sondern eigentlich für die gesamte westliche Welt. So haben die Römer das griechische Alphabet als Grundlage für ihr lateinisches genommen, dessen Buchstaben wir später ebenfalls übernommen haben – nur die römischen Zahlen hat nie jemand richtig kapiert, da haben wir dann doch lieber die von den Arabern genommen. Übrigens haben die alten Antiker alles nur in Großbuchstaben geschrieben, ein Umstand, den sich heute noch viele Griechen zurückwünschen. Da gab es nämlich keine Akzente und oftmals wurde der Text auch ohne Leerzeichen zwischen den Worten auf die Steinstelen gehämmert.

Erst danach entwickelte sich die »Koiné«, die bis circa 300 n. Chr. die wichtigste Sprache blieb. Diese *Koiné* wurde von Alexander, der sich als erster Herrscher der Weltgeschichte mit dem Titel »der Große« schmücken durfte, ziemlich weit verbreitet. Zumindestens einmal bis an die Grenzen dessen, was der Große seinerzeit erobert hatte. Also bis nach Persien und Ägypten. In der *Koiné* haben die Evangelisten die ersten Bibeltexte des Neuen Testaments geschrieben. Und in die *Koiné* sind auch die hebräischen und aramäischen Urtexte der Bibel übersetzt worden. *Koiné*, was eigentlich »allgemein« heißt, ist bis heute die allgemeine Sprache die griechisch-orthodoxen Kirche, die immer noch ihre kirchlichen Traditionen genauso pflegt und spricht, wie zu Zeiten Christi gesprochen und Kirchendienst abgehalten wurde.

Trotz all der Eroberungswut der Römer, die nach Alexander ihre Ausdehung nach Afrika und in den Nahen Osten begannen, konnte doch Latein das Griechisch in den Ländern im östlichen Mittelmeer nicht verdrängen. Im Gegenteil, es war auch im alten Rom »très chic« und zeugte von Bildung, wenn man griechisch sprechen und schreiben konnte. Trotzdem haben sich durch die Besetzung der Römer und auch später der Venezianer so etliche Latinismen im Griechischen niedergelassen. Darum kann man auch heute sein Bier in Athen mit dem italienischen Wort »bira« bestellen und wird prompt bedient.

Nach dem Ende des byzantinischen Reiches haben die Ottomanen Griechenland in Besitz genommen. Der staatliche Einfluss hat natürlich nicht zugunsten der griechischen Sprache stattgefunden – und so verwässerte sie etwas. Als sich schließlich die Revolutionäre – hauptsächlich rund um Patras – im Jahr 1821 dazu entschlossen, einen Aufstand gegen die Ottomanen anzuzetteln und sie schließlich auch zu besiegen, hatte die griechische Sprache schon einen irreparablen Schaden davongetragen. Und nach der Gründung des modernen Staates 1829/30 wurde als Reparaturmethode sozusagen die sogenannte Katharévousa eingeführt – wohl Griechisch, aber mehr eine Art Kunstsprache mit vielen Anleihen aus der klassischen attischen Sprache, die offizielle Amts- und Unterrichtssprache wurde. Natürlich zog das ein paar Probleme nach sich – hauptsächlich für Kinder und die, die plötzlich in einer Sprache schreiben mussten, die sie gar nicht sprachen. Gesprochen haben sie nämlich »Demotikí«, die Volkssprache.

Erst 1976 hat man dem ganzen Kuddelmuddel dann ein Ende bereitet und das »Neugriechisch« als verbindlich eingeführt, eine Mischung aus beidem, aber auf Grundlage der Volkssprache. Heute wird auch an griechischen Schulen oft kein Altgriechisch oder Katharévousa mehr gelehrt, was viele sehr bedauern. Andere wiederum sehen darin überhaupt kein Problem. So soll der frühere Premierminister Kostas Karamanlis seinerzeit seinen Ministern und dem griechischen Volk gebeichtet haben: »Ich habe zwar auch Altgriechischunterricht bekommen, aber dabei nichts gelernt. Alles, was ich von den Klassikern mitbekommen habe, stammt aus der ausländischen Literatur.«

Dann werden in Zukunft also auch die Griechen ihre alten Kulturgüter nicht mehr im Original lesen können und ein über 3000 Jahre altes Verständnis der eigenen Geschichte geht unwiederbringlich verloren. Wie wir ja alle aus dem Kino wissen – Übersetzungen können das Original nur ungefähr treffen, aber die Feinheiten und das, was einmal zwischen den Zeilen stand, wird niemand mehr wissen. Außer den Humanisten, für die Altgriechisch immer noch ein Schulfach ist. Wieso musste und muss sich denn eigentlich auch heute noch ein Schüler in Europa mit Altgriechisch quälen, wenn sogar der Premierminister von Griechenland keinen Sinn darin sah?

Schuld daran war das Wiedererwachen des Denkvermögens nach den »dunklen Jahren« Anfang der ersten Jahrtausendwende. Byzanz war kurz davor, den Türken zum Opfer zu fallen und den Italienern wurde das dumpfe Dahinbrüten zu dumm und sie wollten auch mal wieder ihren Kopf gebrauchen. Die ersten schlauen Köpfe waren schon um 1200 nach Byzanz gereist und hatten von dort alte griechische Schriften mitgebracht. Nach dem Fall von Konstantinopel 1453 machten sich dann auch viele byzantinische Gelehrte auf der Flucht vor den Ottomanen gen Italien auf und nahmen ihre Ideen, Entwicklungen und ihr Wissen mit. Und nachdem er einmal in Italien gezündet hatte, sprang der Funke dann auch auf den Rest des heiligen römischen Reiches über – was ja auch bekanntermaßen weder heilig noch römisch war. Man wollte die dunklen Tage des Mittelalters vergessen. Der Mensch war wieder jemand. Und er wollte was lernen. Die Welt und sein Drumherum verstehen. Das sollte man mal einem heutigen Schüler erzählen – der würde nie freiwillig auf so einen Gedanken kommen.

Die Meinung über das Griechische im westeuropäischen Mittelalter war zunächst einmal geteilt. »Das kann man ja nicht lesen«, sagten die einen. »Ich möchte Grieche sein«, sagten die anderen – überliefert ist es von Ekkehard IV in seiner Klostergeschichte Casus S. Galli. Sicherlich haben die Mönche in den Klöstern etwas davon verstanden, waren doch schließlich alle Originale mal in der *Koiné* abgefasst worden. Aber auch da waren nur die höheren Chargen ausgebildet genug. Der kleine Mönch wusste von nix und betete still vor sich hin.

Lesen konnten es also einige. Auch gab es schon Grammatikbücher – das erste zum Beispiel vom Byzantiner M. Chrysoloras in 1484, aber es gab eben noch keine CDs und Videos. Bücher sprechen nicht. Und genau das war auch das Leidwesen von Petrarca, der ein ihm geschenktes Homermanuskript nicht verstehen konnte und theatralisch-literarisch ausrief: »O magne vir, quam cupide te audirem! = O großer Mann, wie gern möchte ich dich hören!« Warum er das allerdings in Lateinisch rief statt in Italienisch, ist nicht überliefert.

Die Renaissance belebte das Interesse an humanistischem Gedankengut, insbesondere an Literatur, Rhethorik, Latein, Griechisch, Grammatik, Poesie, und Geschichte. Somit gehörte Griechisch nunmehr zum höchsten Bildungsideal. Aber noch immer war nicht genau bekannt, wie man denn die klassische Sprache spricht. Die erste Generation von Gelehrten, die nach dem Fall Konstantinopels ins Exil geflüchtet war, war auch schon verstorben und konnte nicht mehr weiterhelfen.

Und so kam Erasmus ins Spiel. Genau – der Holländer aus dem EU-Austauschprogramm für Studenten. Erasmus wurde 1464 in Rotterdam geboren. Als unehelicher Sohn eines Priesters und einer Arzttochter genoss er für die damalige Zeit eine doch recht anständige schulische Erziehung, wurde selbst zum Priester geweiht, studierte an der Sorbonne und war im Rahmen seiner Studien, Hobbies und Berufe einer der eifrigsten Geschäftsreisenden des Mittelalters. Sogar Heinrich VIII, der ob seines Damenverschleißes bekannt wurde, war als junger Prinz unter seinen Bekannten.

Erasmus war ein ausgesprochen eifriger Schreiber und hat über 2000 Briefe und 150 Bücher hinterlassen. Sehr interessiert war er mit seinem religiösen Hintergrund an der griechischen Sprache und brachte es fertig, als Erster die Bibel in Griechisch drucken zu lassen.

Eine beachtliche Leistung: Schließlich hatte der Mainzer Johannes Guttenberg den Buchdruck gerade erst erfunden. Und auf ihn, also Erasmus, geht die heute in den westlichen Ländern gebräuchliche Aussprache des Altgriechischen zurück. Da er – und andere – es ja nie richtig gehört hatten, haben sie es einfach so gelesen und betont, wie sie das vom Lateinisch-Italienischen und ihren eigenen Muttersprachen her kannten. Und das klang dann eben so, wie ein Holländer heute bei der Autobahnausfahrt das Wort »UIT« liest.

Es hat allerdings dazu geführt, dass sich ein Kenner des Altgriechischen aus Nordeuropa und ein derselben Sprache kundiger Grieche nicht unterhalten können – trotz gleicher Grammatik und desselben erlernten Wortschatzes. Denn die Altgriechen im restlichen Europa lernten Erasmusaussprache und die Altgriechen in Griechenland lernten die griechische Aussprache. Und obgleich das Neugriechisch der direkte Nachfolger des Altgriechischen ist, kann ein Mensch mit humanistischer Bildung im heutigen Griechenland noch nicht einmal ein Bier bestellen: Altgriechisch = Zythos, Neugriechisch = Bira! Wissenschaftlich ist es bis heute offiziell ungeklärt, wie die alten Griechen sprachen. Ich persönlich stimme den Griechen zu, die meinen, dass man auch das Altgriechisch wohl so oder ziemlich ähnlich ausgesprochen hat, wie heute das Neugriechisch auch klingt.

So sehen heute die Buchstaben des griechischen Alphabets aus:
Großbuchstaben: Α Β Γ Δ Ε Ζ Η Θ Ι Κ Λ Μ Ν Ξ Ο Π Σ Τ Υ Φ Χ Ψ Ω
Kleinbuchstaben: α β γ δ ε ζ η θ ι κ λ μ ν ξ ο π ρ σ τ υ φ χ ψ ω

Und hinsichtlich der Aussprache sagen wir mal so viel: Es gibt ein Alpha und ein Vita und ein Gamma und ein Thelta (ausgesprochen wie das weiche englische »th«), aber kein Beta und kein Delta. Und wer noch mehr wissen will: Da kenne ich »Omiló«, eine wunderbare Schule mit Sommerkursen zum Erlernen der griechischen Sprache. Und die sind Klasse. Da war ich nämlich auch. Das Omiló gehört einer belgischen Freundin von mir – und ich bin mir sicher, auch Erasmus hätte es genossen, bei ihr richtig gesprochenes Griechisch zu hören.

Und da es bei ihr meistens etwas mit Hülsenfrüchten zu Essen gibt, wenn ich zu Besuch bin, verrate ich doch hier gleich die passenden griechischen Rezepte dazu.

»Fasoláda – Bohnensuppe«

1 Pfund weiße getrocknete Bohnen, ein Pfund Tomaten, 200 g Olivenöl, Zwiebeln, Karotten und Sellerie. Für den Geschmack nimmt man hier Nelken, Pfeffer und Salz – und wer's scharf mag, kann sogar noch etwas Chili dazutun.

Die Bohnen über Nacht in Wasser einweichen. Abspülen und ungefähr 10 Minuten in reichlich Wasser kochen. Danach abschütten und mit 2 Liter frischem Wasser erneut aufsetzen zusammen mit allen anderen Ingredienzien außer dem Olivenöl. Aufkochen und weitere 1 bis 1 ½ Stunden köcheln lassen. Ganz zum Schluss kurz vor dem Servieren werden die 200 gr Olivenöl hinzugegeben. Serviert werden die Bohnen mit Brot und heißem Zitronensaft.

»Fakés – Linsensuppe«

Die Linsensuppe wird im Prinzip genauso wie die Fasoláda gemacht. Auch im selben Mengenverhältnis der einzelnen Zutaten (beim Öl ½ Tasse). Nur kommen jetzt noch zusätzlich Lorbeerblätter und Knoblauch als Gewürze hinzu. Die Linsen muss man vorher auch nicht einweichen. Serviert wird die Suppe mit Brot und Essig.

»Revíthia Súpa – Kichererbsensuppe«

1 Pfund Kichererbsen, 1 Tasse Olivenöl, 1 Zitrone, 1 Zwiebel, 1 Teelöffel Mehl, Salz. Die Kichererbsen über Nacht einweichen. Anschließend in frischem Wasser wieder aufsetzen und zusammen mit der Zwiebel und dem Öl ungefähr 2 Stunden köcheln lassen. Kichererbsen brauchen lange, bis sie wirklich weich sind. Kurz vor dem Servieren den Saft der Zitrone und das Mehl hinzugeben und klumpenfrei verrühren. Heiß servieren.

MUSIKÍ JA HÚFTALA

»Lasst mich nicht leben ohne Musik«, singt der Tanzchor im Bühnenstück »Herakles« von Euripides, und wenn man das griechische Fernsehen als Maßstab nimmt, sind Gesang und Musik hier in der Tat sehr wichtig. Beinahe jeden Abend ist auf einem der Hauptsender Musikantenstadl. »Dimotikí Mousikí« – Volksmusik oder wie der andere, bereits erwachsene Sohn von Boss sagt »Mousikí ja Húftala«, was sich wohl am besten mit »Gruftiklänge« übersetzen lässt.

Hier wird allabendlich zu traditionellen Volksmusikklängen von Klarinetten, Gitarren, Tambourinen und Geigen Reigentanz geübt. Zwischendurch singt der eine oder andere mit mehr oder weniger belegter Stimme eine Ballade. Da kann in der Welt passieren, was will – Griechenland tanzt und singt. Viele dieser Lieder, habe ich mir sagen lassen, handeln vom osmanischen Joch, der türkischen Herrschaft, sind Rebellenlieder und singen von Tod, Treue, Verrat, Vertreibung oder sind tragisch, wie zum Beispiel die Liebeslieder.

Nein, erfunden haben die Griechen die Musik nicht. Gesungen und getanzt wurde wohl schon zur Steinzeit und überall wo's Leben gab. Sogar die Tiere tänzeln und locken mit musikalischen Balzlauten. Vielleicht fing es ja auch bei den Menschen so an – Balzer statt Walzer. Jedenfalls ist es wohl so, dass die heutige moderne Musik auf die antiken Griechen zurückzuführen ist. Pythagoras, der nicht nur von Dreiecken etwas verstand, war der erste Musiktheoretiker, auf dessen mathematisch berechneten Klangintervallen noch heute das Konsonanzempfinden des Abendlandes basiert. Puh! – Das war aber ein komplizierter Satz. Den versteht sicherlich niemand, der nicht jahrelang bei Frau von Flüchter-Leberhausen Klavierunterricht genommen hat.

Die Griechen behaupteten natürlich, ihre Götter hätten's erfunden. Den Gesang und die Poesie. Obwohl sie da gar keinen Unterschied machten. Für sie gehörte beides zusammen und wurde von den Musen gesponsert. Deshalb Musik. Und da zumeist die poetischen Ergüsse zum Klang der Lyra deklamiert wurden, entstand so auch der Begriff Lyrik. Und natürlich haben auch die griechischen Götter die Instrumente bedacht, sagen die Griechen. Apollon, der Schönling, war ein Freund der Lyra, Athene hat die Flöte erfunden, Amphion und Orpheus konnten Steine erweichen mit ihrem Spiel und der Faun Marsyas war im Flötenspiel sogar besser als Apollon selbst.

Glück allerdings hat das ihnen allen nicht gebracht. Marsyas erhielt keinen Preis bei »Griechenland sucht den Superstar«, sondern wurde von Apollon in Verliererpose finster lächelnd bei lebendigem Leib gehäutet. Und Linos, der Sohn von Apollon, unterrichtete Herakles in Schreiben und Lesen, woraufhin ihn dieser im Zorn erschlagen hat. Alles in allem haben die Griechen ihre Musiker offensichtlich nicht gut behandelt.

Wie klang's denn nun in der Antike? Das weiß keiner so ganz genau. Es ist eigentlich so gut wie keine geschriebene Musik überliefert worden. Gesungen hat man wohl zum Klang der Kythera und der Lyra, beide so eine Art Leier. Sie müssen auch ähnlich wie eine solche geklungen haben. Die »Aulós«, die Flöte, hörte sich ähnlich an wie eine Oboe, also eine Art Mischung zwischen dem Brummen von Wespen und dem lauten Schnattern eines Ganters. Als Notenzeichen benutzte man komplette oder teils verstümmelte griechische Buchstaben, wie man von der Seikilos-Stele weiß, einem Grabstein, der in Tralles in Kleinasien steht und eine altgriechische Komposition in Stein gemeißelt bis in die Gegenwart getragen hat.

Wenn wir heute an griechische Musik denken, dann haben wir automatisch das Bild vor Augen, wie Alexis Zorbas am Strand die Arme ausbreitet und im Sand einen gepflegten Sirtaki hinlegt. Natürlich gehört für den guten Deutschen auch die Idee dazu, dass der Grieche das zwischendurch in den Pausen immer mal mit einem gekühlten Ouzo ablöscht. Dieser Sirtaki, der uns da so vor Augen schwebt, ist allerdings ein Kunsttanz, der erstmals 1964 für Anthony Quinn choreografiert wurde, der als wenig begabter Tänzer in seiner Rolle als Alexis Zorbas ursprünglich etwas wesentlich Komplizierteres aufs Parkett legen sollte. Es gibt ihn allerdings auch wirklich, den Sirtaki. Er geht auf den »Syrtós« zurück, den sogenannten schleppenden Tanz, bei dem sich auf der Tanzfläche ein offener Kreis beliebig vieler Personen bildet, die langsam schreitend bestimmte Figuren tanzen. Das sieht mitunter schon recht ungewöhnlich für einen Nordeuropäer aus, der an die mehr hüpfenden und drehenden Standardtänze gewöhnt ist. Er erinnert so ein bisschen an die mittelalterlichen Schreittänze, ist aber noch langsamer und die Bewegungen sind ausdrucksstärker und bewusster. »Sirtaki« heißt dieser Tanz dann, wenn er nur von zwei bis drei Personen getanzt wird. Da kann man mal sehen, wie es so geht. Dank Hollywood tanzt jetzt die ganze Welt einen Kunst-Sirtaki.

Was wir als typisch griechische Musik im Urlaub wahrnehmen, ist wohl der »Rembétiko«. Er erstand in den Subkulturen, die sich nach der kleinasiatischen Katastrophe Anfang der 20er Jahre des letzten Jahrhunderts in den Städten bildeten. Infolge des Bevölkerungsaustausches zwischen der Türkei und Griechenland waren Millionen von Griechen plötzlich ins Land gekommen, die alle praktisch von einem Moment zum anderen integriert werden mussten. Diese brachten natürlich auch ihre Traditionen mit, die sie jahrhundertelang an Plätzen wie dem früheren Smyrna – heute das türkische Izmir – gepflegt hatten. Der Rembetiko klingt ernst, traurig und schwermütig. Er handelt auch oft von der Fremde, dem Gefängnis, dem Elend des Alltags und der Liebe, die auch immer mitmischt und die Musik oftmals nicht unbedingt aufhellt. Für mich hat der Rembétiko einen starken Einschlag ins Orientalische, mehr als zur europäischen Seite. Aber er hat auch die Weite, Schönheit und Einsamkeit, die man zum Beispiel in der russischen Musik findet.

Natürlich kennt jeder Mikis Theodorakis. Wenn einer die Musikwelt Griechenlands geprägt hat – im Inland genauso wie im Ausland –, dann er. Und nicht nur die Musikwelt. Theodorakis war bereits während des zweiten Weltkriegs das erste Mal im Gefängnis. Als Verfechter von Frieden und Freiheit war und ist er nur allzu bereit anzuecken und sich mit der Obrigkeit anzulegen, sieht er die Freiheit in Gefahr. Einmal abgesehen von seinem enormen musikalischen Talent hat er wie kein anderer das Bild der griechisch-musikalischen Lyrik im Ausland geprägt. Eine andere Künstlerin, die auch Musik, Tanz und Politik zu verbinden wusste, war die große Melina Mercouri, später Kultusministerin. Sie wird noch immer von den Griechen verehrt.

Griechenland ist reich an einer Fülle unterschiedlicher Klänge. Zahlreiche Vertonungen griechischer Lyrik, Schlager, Rebellenlieder aus der Partisanenzeit, Kampflieder der Kommunisten, unterschiedliche Volksmusiken bis hin zu neuzeitlichen Anpassungen von Rap, Hip-Hop, Techno und Rock. Alles ist vertreten und hat seinen Reiz. Einfach mal reinhören und nicht nur den Sirtaki tanzen.

Was Griechenland allerdings nicht hatte, war eine Phase der klassischen Musik wie sie in Italien und Mitteleuropa entstanden ist. Nicht, dass man sie hier nicht auch genießen würde, aber komponiert worden ist sie seinerzeit hier im Lande nicht. Vermutlich hatte das mit der türkischen Besatzung zu tun, unter der die Griechen von 1453 bis 1821 – in Nordgriechenland bis 1912 – standen. Und auch davor waren die orientalischen Einflüsse beachtlich, da das Zentrum des griechisch-mittelalterlichen Byzanz Konstantinopel, also das heutige Istanbul, und seine Umgebung war und weniger der Teil, den wir heute als Griechenland auf der Karte finden. Hier hat sich die byzantinische Musik entwickelt, die in ihrer Form einzigartig auf der Welt ist. »Es besteht kein Zweifel, dass im neohellenischen Musikuniversum die kirchliche, die byzantinische Musik den ersten Platz innehat, auch wenn die Griechen selbst sich dessen nicht bewusst sind«, schreibt Theodorakis auf seiner Internetseite.

Die weltliche byzantinische Musik wurde einst dem Adel zur Unterhaltung vorgespielt. Insbesondere bei Kaisers am Hof von Konstantinopel war das gang und gäbe. Damals benutzte man dazu ein »Organon Hydraulikon«, das ein Vorläufer unserer heutigen Orgel ist, allerdings auf Wasserbasis. Byzantinischer Kirchengesang hat seine ganz eigene Faszination – jedenfalls für mich. Nachdem Boss mich das erste Mal zu einem Osterfest in die Kirche mitgenommen hatte und ich mit diesen Tönen in Berührung gekommen war, hatte es mich erwischt. Ich habe das konstantinopolitische Entertainment bei uns wieder eingeführt – und wir hören des Öfteren zum Beispiel die Gesänge von Soeur Marie Keyrouz. Eine unglaubliche Stimme. Johannes Chrysostomes und Basilios der Große hatten seinerzeit im 4. Jahrhundert die byzantinische Liturgie aufgestellt, die noch heute gültig ist. Natürlich könnte man hier jetzt eine ganze Reihe philosophischer Betrachtungen anstellen – oder wissenschaftlich-musikalische Analysen. Aber das hilft auch nicht. Man sollte sie sich einmal anhören. Ich jedenfalls finde es eine wunderschöne Musik – Musik, die einem bis in die Körperzellen dringt und dort noch lange nachvibriert. Empfehlung ausprobieren.

Und dann habe ich hier noch etwas, was Musik ist. Und zwar als Nachtisch:

»Limoncello alla Domenico«

In diesem Fall benannt nach dem Vater meiner Freundin, der mir sein eigenes erprobtes Hausrezept verraten hat. Die Herstellung von Zitronenlikör ist relativ einfach. Man braucht: 1 Liter Alkohol (95%iger), 2 Liter Wasser, 1 kg Zucker und 3 Zitronen.

Von der Zitrone schält man das Gelbe der Schale dünn herunter. Darauf achten, dass so gut wie nichts vom Weißen der Schale dranbleibt. Das würde den Likör nämlich bitter machen. Anschließend die Schale ein paar Tage im Alkohol einweichen; für gewöhnlich ist eine Woche Weichzeit mehr als genug. Den Zucker in Wasser aufkochen und wieder abkühlen lassen. Den Zitronenalkohol (ohne Schalen) und den Sirup miteinander mischen und in Flaschen abfüllen. Wenn man Orangenschale statt Zitrone nimmt, schmeckt es ebenfalls sehr lecker. Wie der Likör dann heißt, weiß ich nicht. Ich nenne ihn einfach Orancello – und er ist bei Freunden genauso begehrt wie die Zitronenversion. Bitte beim Einkauf des Alkohols darauf achten, dass er nach Verarbeitung zum Verzehr geeignet ist.

»Crema di limoncello«

1 Liter Alkohol (95%iger), 2 Liter Milch, 1,5 kg Zucker, 6 große Zitronen (oder Orangen).

Gemacht wird dieser Likör wie der Limoncello, nur dass der Zucker statt in Wasser in Milch gekocht wird. In diesem Fall bitte wirklich darauf achten, dass die aufgekochte Zucker-Milch-Mischung wieder gut abgekühlt ist, bevor der Alkohol dazukommt. Sonst kann es ein bisschen klumpen. Wenn man diesen Likör eine Zeit unbewegt stehen lässt, setzt er sich ab. Das ist normal – also vor dem Servieren jeweils wieder kräftig schütteln.

»Tiramisu mit Limoncello«

250 g Mascarpone, 3 Eier, 100 g Zucker, 6 EL Limoncello, 2 EL Crema di Limoncello, 1 Zitrone, 200 g Löffelbiskuits, Zitronenblätter zum Dekorieren.

Eigelb mit Zucker schaumig rühren, bis die Creme dick und gelb ist. Den Mascarpone löffelweise hinzugeben, gut verrühren und die abgeriebene Schale der Zitrone dazugeben. Dann rühren wir die Crema di Limoncello unter und zum Schluss das steif geschlagene Eiweiß. 1 Zitrone auspressen und in einer Schüssel mit etwas Wasser und 1 EL Zucker verrühren. Die Hälfte der Biskuits drin eintauchen und in einer flachen Form nebeneinander auslegen. Danach kommt eine Schicht von der Mascarponecreme darauf, dann wieder eine Schicht Biskuits, Creme, Biskuits usw., bis die Biskuits aufgebraucht sind und die Form voll ist. Wenn's besonders schmecken soll, kann man den Limoncello selbst esslöffelweise über die Biskuitschichten träufeln, bevor sie mit Creme bestrichen werden. Die oberste Schicht sollte Creme sein. Schön glattstreichen und dann für einen halben Tag in den Kühlschrank. Dekorieren und servieren.

Eine Wirklich Demokratische Monarchie

Der griechische Hang zur Demokratie schlug sich in ganz besonderem Sinn in ihrem Verhältnis zu den Königen nieder. Zu denen in der Antike weniger, jedoch zu den neuzeitlichen seit Beginn der Unabhängigkeit in beträchtlichem Maß. Und allein die Geschichte dieser Könige unter Vernachlässigung der übrigen Ereignisse dieser Zeit ist es wert, einmal verinnerlicht zu werden. Die neuere griechische Geschichte der letzten zwei bis drei Jahrhunderte ist übrigens sehr interessant. Wir lernen ja immer nur die Antike – wesentlich mehr Intrigen und politische Spielchen lassen sich allerdings in der neueren Zeit entdecken. Ich will hier allerdings nur über die Könige berichten.

Im Jahr 1832 wurde der Bayernprinz Otto erster griechischer König des neuen griechischen Staates. Wie kommt nun ein deutscher zweitgeborener Prinz in Griechenland auf den Thron? Die drei Großmächte England, Frankreich und Russland hätten seinerzeit gar nicht gewusst, welche andere Staatsform als die Monarchie man hätte wählen können. Und ein neuer Thron in Europa war nicht nur eine heißdiskutierte, sondern auch heißbegehrte Sache. Allerdings durfte der neue Thronfolger nicht direkt aus einem Adelshaus der drei genannten Großmächte stammen. So sollten die Griechen dann mal auf die Suche gehen nach einem Prinzen, der gerne seine restliche Lebenszeit unter griechischer Sonne regieren wollte.

Nachdem Ioannis Kapodistrias mit der ersten Regierung gescheitert und er selbst ermordet worden war, klopften die Griechen als Erstes beim belgischen Prinzen Leopold an. Den fanden sie dann aber doch nicht geeignet. Karl von Bayern gefiel ihnen auch nicht. Am Ende – der Lobbyarbeit eines Schweizer Bankiers sei Dank – fiel dann die Wahl auf Otto. Der war noch minderjährig und durfte eigentlich noch gar nicht regieren. Sein Vater, ein überzeugter Philhellene, schlug in den Handel ein, und mit über 60 Millionen Französischer Franken, einer geänderten griechischen Grenze und dem Beibehalt seiner bayrischen Apanage zog Otto nach Nafplion, was seinerzeit noch die griechische Hauptstadt war. Als Regentschaftsrat bis zu seiner Volljährigkeit hatte man ihm sinnvollerweise einen Bayern zur Seite gestellt. Auch alle anderen wichtigen Männer, Minister und Berater bei Hofe waren aus dem heimatlichen Bayern. Da Minister sich damals wie heute selten eins waren und jeder sein eigenes Pfründchen suchte, gab es auch hier recht bald Gerangel im Rat. Der eine tendierte zu den Russen, der andere war den Franzosen hold und beide gemeinsam gingen sie zum alten König Ludwig in München klagen, der dann auch prompt genau diese beiden fristlos ersetzte.

Mit 20 war Otto alt genug, um endlich selbst zu regieren. Nach deutschem Vorbild, Gesetz und Ordnung, ging er das Ganze an. Doch stets war alles in der Hand der Bayern und stets intervenierten die Lobbyisten der Russen, Franzosen und Engländer durch die Hierarchien. Einen Blumentopf konnte Otto damit bei den Griechen natürlich nicht gewinnen. Kurz nach dem Unabhängigkeitskrieg und mit einem Haufen Verbindlichkeiten bei den Europäern war Griechenland arm und mit einer quasi ausländischen Regierung auch nicht glücklich. So kam es denn, wie es kommen musste. Irgendwann wurde Otto samt Frau Amalie und den seinerzeit aus Bayern mitgebrachten Kronjuwelen geschasst. Ihren Lebensabend verbrachten die beiden in Bamberg. Was erinnert noch an Otto? Die Kapodistrias-Universität, das heutige Parlamentsgebäude und die Tatsache, dass er Athen zur Hauptstadt Griechenlands machte. Und Heinrich Heine, der in seinen »Lobgesängen auf König Ludwig I« schriftlich niederlegte: »Herr Ludwig ist ein mutiger Held, Wie Otto, das Kind, sein Söhnchen; Der kriegte den Durchfall zu Athen, Und hat dort besudelt sein Thrönchen Er war nicht rücksichtslos genug, damit man ihn fürchtete, nicht leidenschaftlich genug, um geliebt und nicht kompetent genug, um respektiert zu werden.« – Ein richtiger Staatenlenker eben.

Den Griechen wurde nahegelegt, sich einen neuen König zu wählen. Diesmal orientierte man sich etwas weiter nördlich bei den Dänen. So wurde Georg I. 1863 ausgewählt. Als Geschenk bekam er von den Engländern die Ionischen Inseln und über seine Ehegattin, eine Romanowa, waren ihm auch die Russen hold. Das sparte schon mal viel von dem Gezeter, mit dem Otto sich noch rumschlagen musste. Allerdings hatte Georg auch keine glückliche Hand. Seine Expansionsbestrebungen waren etwas zu ausgiebig, was etlichen Ärger mit dem osmanischen Reich nach sich zog. Nach einem missglückten

Feldzug gegen Epirus, einem missglückten Aufstand der griechischen Bevölkerung gegen das osmanische Reich mit anschließendem Verlust von Thessalien und einer weiteren gescheiterten Revolte in Mazedonien, musste Georg dem Drängen einer revolutionären Offiziersgruppe nachgeben und Eleftherios Venizelos (nach dem der Athener Flughafen benannt ist) als neuem Premierminister die Staatsgeschäfte überantworten. Das alles fand etwa in den Jahren zwischen 1885 und 1910 statt.

Im ersten Balkankrieg wurde Georg dann von einem Attentäter erschossen. Als Erinnerung hinterließ er die Tatsache, dass unter seiner Herrschaft 1896 die ersten olympischen Spiele wieder stattfanden. Ein weiteres Überbleibsel seines Lebens waren ein ganzer Haufen royaler Kindesverbindungen. So ist zum Beispiel Prinz Philip von England einer seiner Enkel und Königin Sophie von Spanien seine Urenkelin. Auf den Thron Griechenlands folgte ihm sein Sohn Konstantin I.

Konstantin kann sicherlich als so eine Art Chaos-König beschrieben werden. Das war vielleicht ein Hick-Hack, was der so alles mitmachen musste als griechischer Regent. Aber beginnen wir vorn. Er hatte schon als Kronprinz von sich Reden gemacht, als eigens für ihn der Titel »Fürst von Sparta« erfunden wurde. Er erwies sich nach seiner Thronbesteigung als erfolgreicher Feldherr, was ihm zunächst einmal eine gehörige Portion Popularität verschaffte. Allerdings hatte er ständige Meinungsverschiedenheiten mit seinem Ministerpräsidenten Venizelos. Dieser wollte expandieren, Konstantin lieber doch nicht. Das Ganze ging als das »nationale Schisma« in die griechische Geschichte ein und wurde jahrelang von den beiden exerziert. 1915 entließ der König den Premier, löste das Parlament auf und übernahm selbst die Regierung. Der Expremier Venizelos baute flugs eine Gegenregierung auf und zwang Konstantin zwei Jahre später zum Abdanken. König und Kronprinz verließen das Land und neuer König wurde der zweite Sohn von Georg I., Alexandros I. Dieser genoss seinen Status drei langweilige Jahre, bevor er wortwörtlich vom Affen gebissen wurde und an einer Blutvergiftung verschied. Kurz danach konnte Venizelos trotz seiner »megáli idéa« die Wahlen nicht mehr gewinnen. Er hatte nämlich vor, Griechenland wieder nach Kleinasien auszudehnen und somit wieder ein Griechenland der 4 Meere und 2 Kontinente zu schaffen, eine wahrlich »große Idee«. Aber sie half nichts und das Ganze ging auch schief. Die Griechen wollten ihren König zurück. Also wurde Konstantin I. wieder König. In der Zwischenzeit hatte Griechenland aber Krieg mit den Türken von Kemal Atatürk, die 1922 die griechische Armee vernichtend schlugen. Einer musste schuldig sein. Konstantin. Also hat man ihn als König wieder abgesetzt und fortgeschickt. Er starb 1923 in Palermo.

Den Thron bestieg sein Sohn Georg II, der allerdings auch nicht wesentlich glücklicher als sein Vater regierte. Schon ein Jahr, nachdem er inthronisiert war, durfte er ins Exil. Er ging nach Bukarest und danach nach London, während die Griechen 1924 eine Republik ausriefen. Allerdings waren da auch wieder nicht alle einig drüber, und eine Volksabstimmung förderte schließlich 1935 nach etlichen Parlamentswahlen zu Tage, dass 98 % der Griechen gerne einen König hätten. Also holte man Georg wieder zurück. Dem machte das wohl weniger aus. Er kannte das ja schon von seinem Vater. Er ernannte Ioannis Metaxas zum Regierungschef, eben jenen Metaxas, der zunächst einmal eine Diktatur faschistischer Couleur einführte und später auf Mussolinis Ultimatum zur Kapitulation ein simples OCHI = NEIN aufs Papier schrieb und den Griechen damit einen neuen Feiertag, den OCHI-Tag, am 28. Oktober bescherte.

Allerdings fanden die Italiener das weniger zum Feiern und gruben das Kriegsbeil aus. Die Griechen konnten sie aber zurückdrängen, was dann die deutsche Wehrmacht mit Unterstützung der Bulgaren auf den Plan rief. Die Deutschen sollen sich damals recht unfein über die Italiener geäußert haben und bezeichneten sie ob ihres Versuches, die Griechen über die Berge in die Knie zwingen zu wollen, als Idioten. Wie dem auch sei, das deutsche Besatzungsregime war sehr brutal, blutete das Land finanziell aus und Griechenland hungerte. Georg II zog sich nach Kreta zurück und nach der Luftlandeschlacht um Kreta Ende Mai 1941 nach Ägypten, wo die Griechen eine Exilregierung errichteten.

1944, gegen Ende des zweiten Weltkrieges, kamen die Engländer dann wieder aufs Tapet, die unbedingt die Monarchie in Griechenland erhalten wollten. Allerdings wollten das jetzt die griechischen Bewegungen EAM und ELAS nicht mehr, die lieber das Volk entscheiden lassen wollten, was für eine Staatsform sie gern hätten. Das wollte wiederum Winston Churchill nicht, denn dann hätte ja die Gefahr bestanden, dass es auch eine Volksrepublik hätte werden können. Also unterstützen die Engländer Georg und seine Freunde und verursachten so quasi bürgerkriegsähnliche Zustände in Athen. Irgendwann später stellte sich dann heraus, dass das Ganze sowieso ein abgekartetes Spiel zwischen Stalin und Churchill gewesen sein soll, die beide ihre geopolitischen Ziele im Balkan und im südlichen Mittelmeerraum sicherstellen wollten. Da ihn keiner mehr so richtig wollte, ernannte Georg im Dezember 1944 den Erzbischof von Athen zum Regenten und trat ab. Eine Volksabstimmung 1946 sprach sich zu 68 % für die Monarchie aus. Also durfte Georg wieder her. Ein Jahr hatte er noch. In 1947 verstarb er, nachdem er quasi dreimal König von Griechenland gewesen war. Der Konflikt um die Staatsform aber führte im selben Jahr in einen erbitterten Bürgerkrieg, der bis 1949 dauerte.

Da Georg keine Kinder hatte, wurde sein Bruder Paul jetzt König. Er und Königin Friederike regierten bis 1964. Ihm folgte sein Sohn auf den Thron, Konstantin II, der offiziell bis 1974 der letzte griechische König war. 1967 bis 1974 war dann noch die von den Vereinigten Staaten unterstütze diktatorische Militärjunta, eine Zeit, die Konstantin im Ausland, bis 1973 in Rom, verbrachte. Ein Gegenputsch seinerseits 1967, reichlich dilettantisch geplant, misslang. Und danach hatten die Griechen von Königen nun wirklich genug. 1973 wurde die Monarchie noch unter der Militärdiktatur abgeschafft und Konstantin konnte von da an machen, was er wollte.

Seitdem herrschen mehr oder weniger abwechselnd die demokratisch gewählten Sippen derer von Papandreou und Karamanlis. Und die Franzosen und Engländer »lobbyieren« immer noch. Nur heißt das jetzt EU und sechs- oder siebenundzwanzig andere lobbyieren noch mit. Demokratie wie aus dem Lehrbuch. Was wohl bloß die alten Griechen dazu gesagt hätten?

Auch ich habe jetzt die Wahl. Ich stehe nämlich vor dem kulinarischen Problem, welche Rezepte sich wohl als passend zu diesem königlichen Tohuwabohu erweisen.

»Wildschweinstifado auf Couscous an Rosenkohlpüree mit Sahnegürkchen«

Ob irgendein Gourmetkoch so etwas mit viel Tam-Tam und besonderen kleinen Geschmacksverstärkern schon vor mir erfunden hat, ist mir nicht bekannt. Aber ich weiß, dass ich die mir angeborene Kreativität eingesetzt habe, um soeben ein Rezept zu erfinden. Jawohl! Ein eigenes Rezept. Keiner hat es mir vorher erzählt, nirgendwo gelesen und ausprobiert. Ein echter Einfall meines unwürdigen Hirns: Rosenkohlpüree.

Es war das Resultat dieses typisch weiblichen Verlangens, »eben noch mal schnell was besprechen« zu müssen, was dann natürlich ebenfalls typisch weiblich ausuferte und erheblich länger dauerte als jemals angedacht. Neuerdings können wir das per Computer. Früher saßen wir zum Kaffee zusammen. Dazu musste man sich Zeit nehmen und verabreden und schenkte sich dann seine ungeteilte Aufmerksamkeit. Heute stülpt man sich ein Kopftelefon über die Frisur und kann beim Quatschen bügeln, nähen, lesen, kochen und all das unternehmen, was man früher bei einem netten Tete-a-Tete-Gespräch als ausgesprochen unhöflich empfunden hätte. Nun denn, bei uns war es Zeit zum Abendessen. Also ging ich mit Kopftelefon an den Herd, während meine Freundin mir gerade ihre neuesten Erlebnisse mit der aufreizend gekleideten Nachbarin in aller Ausführlichkeit darlegte. Der Rosenkohl war weniger unterhaltungsfreudig und kochte währenddessen stumm, aber stetig vor sich hin. Ich wandte mich dem Tischdecken zu und den Geschichten über die Nachbarin und deren Modepräferenzen.

Als dann das Gespräch beendet war und der Rosenkohl, am Topf festgeklebt, einen leichten Brandgeruch verbreitete, fiel es mir wieder ein. Oh Schreck! Das Abendessen war leider fast nicht mehr zu retten. Zumindest mal, was die Gemüsebeilage anging. Also die obersten Schichten Rosenkohl schnell in einen anderen Topf. Die festgeklebten blieben drin und durften mit Spülmittel auf dem Balkon langsam abweichen. Leider war der Kohl auch beim besten Willen nicht mehr als bissfest zu bezeichnen. Er fiel vielmehr sacht von der Gabel. Wäre er trocken gewesen, hätte er gekrümelt. Außerdem schmeckte und roch das Ganze auch noch recht angebrannt.

Nun denn – mit Phantasie ans Werk! Nach einigen Überlegungen wusste ich: Hiervon machen wir noch ein Gourmetessen. Das wäre doch gelacht! Das Wildschweinstifado war schon aufgetaut und köchelte essbereit vor sich hin. Ein Rest vom Weihnachtsfest. Der Couscous quoll im Topf und der Gurkensalat war gerade mit Sahne verfeinert worden. Ja! Genau. So geht's. Kartoffelstampfer herausgekramt und ans Werk. Die ohnehin viel zu weichen Rosenkohlröschen zu einem festen Brei zerdrückt, eine ordentliche Geschmacksportion Muskatnuss dazugegeben und noch etwas Pfeffer – das überdeckt den Brandgeschmack. Mit etwas Sahne verfeinert und dann als Püree serviert.

Jungs, heute gibt es Wildschweinbraten auf Couscous an Rosenkohlpüree mit Sahnegürkchen. So komplett kündige ich Menüs nur selten an. Dementsprechend verwundert guckten meine Herren dann auch. Was das sei, fragte Boss und wies auf die grüne Breimasse. Sohnemann wollte nicht probieren. Rosenkohl und Chicorée sind bitter und ihm somit ohnehin ein Gräuel. Boss probierte natürlich und fand es fantastisch. Wo ich denn das Rezept herhätte? – Ach, Boss! Altes Familiengeheimnis. »Hat die Mama auch immer so gemacht.« Man soll eben nie etwas vorzeitig als angebrannt entsorgen – es reicht immer noch, um eine Spezialität des Hauses davon zu machen.

Übrigens, das Vergleichbarste zu einem deutschen Braten in Griechenland ist das Stifádo – und das geht so:

»Stifádo«

Hierfür kann man Rindfleisch, Lamm, Kaninchen oder aber, um beim Thema zu bleiben, Wildschwein nehmen. Ungefähr 1 kg Fleisch wäre die richtige Menge. Im Gegensatz zu Deutschland wird ein Braten in Griechenland nicht am Stück gelassen, sondern der Schlachter portioniert ihn schon in entsprechende Teile. Man geht wie folgt vor: Die Fleischstücke anbraten wie Gulasch oder Braten. ½–1 Tasse Essig verrührt mit Nelken, Zimt, Salz, Pfeffer, Lorbeerblättern, Oregano zum Ablöschen nehmen. Nicht einkochen lassen. Jetzt geben wir noch 10–20 kleine, nicht kleingeschnittene, Zwiebeln dazu sowie 2 kleingeschnittene Tomaten oder etwas Tomatenpüree aus der Dose. 1–2 Zehen Knoblauch. Mit Wasser entsprechend aufgießen und kochen lassen, bis es gar ist.

BOMBENSTIMMUNG

Peng! – Ich drehte mich auf die andere Seite. – Knall! – Was war denn jetzt los? Der Auspuff da draußen braucht aber unbedingt eine werkstättliche Volluntersuchung. – Bumm! Noch einer. – Ruhe! – Na endlich! – Können wir weiterschlafen?

Plötzlich klingelte es unten an der Tür. Also Entschuldigung, bitte! Es war mitten in der Nacht. Es klingelte noch einmal. Diesmal länger. Mist! Wer war das denn? Um die Zeit? Sturmklingeln. Und ich allein zu Hause. Nicht mal der Sohnemann war da. Nicht, dass der bei einer allgemeinen oder speziellen Panik besonders hätte helfen können. Aber wenigstens wäre da noch jemand gewesen.

Schon wieder die Klingel. Diesmal mit noch mehr Nachdruck. So als sollte sie gleich aus der Wand springen. Ich zog die Bettdecke über den Kopf. Wenn ich nicht da bin, kann auch keiner was von mir wollen. Wieso und überhaupt bin ich eigentlich immer allein, wenn so etwas passiert. Warum ist nie jemand da, der mir in solchen Momenten zur Seite steht. Ich fühlte mich furchtbar. Nicht mal unter der Decke gelang es mir, warm zu werden. Die Panik kroch mir in alle Glieder.

Und jetzt bummte es auch noch an der Tür. Irgendwie waren diese Menschen hereingekommen. Sie standen drinnen, innen, im Apartmenthaus. Vor meiner Wohnungstür, wummerten an dieselbe – und ich war allein zu Hause. Das waren sicherlich Verbrecher. Habe ich nicht vorhin dieses Geknalle gehört? Das waren gar keine Auspuffe gewesen. Das waren Gewehre, Pistolen, Kanonen. Die haben da draußen geschossen. Und jetzt waren sie hier und wollten zu mir. Ausgerechnet zu mir, die ich mutterseelenallein, verlassen, einsam und schutzlos hier in meinem Bett lag mit der Decke über dem Kopf.

Was die wohl wollten? Vielleicht hatten sie ja eine Bank überfallen. Gab ja schließlich genug hier in Athen. Gleich um die Ecke. Deshalb die Schüsse und deshalb hat man auch gleich die Sirene gehört – Polizei. Und jetzt sind die abgerückt, haben sich Zutritt ausgerechnet zu diesem Wohnhaus verschafft und wollten sich jetzt bei mir verschanzen. Die suchten eine Geisel. Die hatten es auf mich abgesehen. Ach, ich armes Ich, ich!

Vorsichtig lugte ich mit einem halbgeschlossenen Auge über die Bettdecke hinaus. Da – da war es! Polizei. Blaulichtblinken schimmerte zum Wohnzimmerfenster herein und schlich sich um die Ecke Richtung Schlafzimmertür. Gott sei Dank! Die Polizei war direkt vor dem Haus. – Hach! Aber was half das, wenn ich hier oben in der Gewalt von Gangstern hockte. Dann konnten die mir da unten auch nicht viel helfen. Das war schließlich hier kein Krimi. Das war brutale, gemeine Realität. Meine letzte Stunde hatte vielleicht geschlagen und die ließen da unten die Discolämpchen drehen.

Bumm! Bumm! Wieder wurde an die Tür geklopft. – »Kyría!« – So ruft man in Griechenland eine Dame: »Herrin!«, riefen die Stimmen. Jetzt wurde mir aber echt mulmig. Was jetzt? – Tief Luft holen – irgendwas musste ja passieren – tief Luft holen, einatmen und dann ... also Mut, meine Liebe. Schließlich und endlich bist du ja kein Jammerlappen. Und bevor du im Bett aus Angst krepierst, kannst du auch mal gucken und dich durch die Apartmenttür erschießen lassen. Jawohl, das mache ich. Wenn sie mich schon erwischen sollen – dann aber richtig klassisch. So, dass es wenigstens ein schönes Bild auf Seite 1 gibt und ich als einsame, aber unglaublich tapfere Heroin die Tageszeitung schmücke.

Lautlos schlüpfte ich aus dem Bett und schlich auf Zehenspitzen zur Tür – lugte hinaus. Das gab es doch gar nicht. Diese Verbrecher hatten sich sogar Polizeiuniformen angezogen. Das ist aber auch wirklich zu dreist. Oder? Nein, da steht auch eine Nachbarin dabei – du lieber Himmel, was war denn da los?

Augenblicklich und erbärmlich erbarmungslos schlug sofort das sogenannte schlechte Gewissen zu. – Meine Liebe, was hast du denn gemacht, dass die Polizei vor der Haustür steht und auf dich wartet? Oder war was mit Boss? – Uih jeh! – Da fuhr mir der Schreck aber erst recht in die Glieder. Da wäre die Version mit den Verbrechern ja fast noch besser gewesen.

Ich öffnete vorsichtig die Tür und lugte durch einen Spalt hinaus. Unser Hauswirt stand auch dabei. Und alles begann jetzt zu reden. Quer durcheinander, zusammen im Kanon, als Chor. Es hätte mir alles sowieso nichts ausgemacht. Ich verstand nur Bahnhof. Was wollten alle diese Leute von mir?

Endlich! Eine Nachbarin mit Englischkenntnissen erbarmte sich meiner. Sie schob sich nach vorne und machte energisch klar, dass sie die Angelegenheit jetzt mal übernehmen würde, denn schließlich und endlich müsse man sie mir ja begreiflich machen. Und so erzählte sie mir mit direkten und unverblümten Worten, dass unser heißgeliebter Jeep draußen vor der Haustür in Flammen aufgegangen sei. – In Flammen? Wie das denn? – Hatte ich etwas angelassen? – Kann doch nicht! – War ein Kabel geschmort? – Nein, nein! – Alles schüttelte den Kopf in tänzerisch abgestimmter Choreographie. Nein! – Es war eine Bombe. – Eine was?! – Bombe. Terroristen. Aufwiegler. Faschisten. So diese Richtung. – Ach, du meine Güte, ich glaub', ich bin im falschen Film. – Wo denn der Eigentümer des Wagens sei? – Boss? Der ist irgendwo in Weitweggistan und hält Reden. – Wo? – Weiß ich auch nicht so genau. Irgend so ein Symposium – Symposion ist übrigens auch von den Griechen erfunden worden und bezeichnete ursprünglich einmal ein Trinkgelage. Wie wenig sich doch bei manchem im Laufe der Jahrtausende ändert. – Ob man ihn erreichen kann? – Natürlich. Dank der modernen, im wahrsten Sinne des Wortes hirnverbrennenden Technologie des Mobiltelefons geht das.

Also schwang erst ich mich an die Leitung und erfreute Boss mit einem nächtlichen Anruf und dann der Polizist, der dem überraschten

Autoeigentümer die üble Nachricht überbrachte. Nach Feststellung aller Daten und Personalien sind wir dann nach unten gegangen und haben uns die mittlerweile ausgebrannte Kiste angeguckt. Die Feuerwehr war schon wieder abgerückt. Alles stand voller Pfützen und Schaulustiger, auf der Straße und auf dem Bürgersteig eine einzigartige Schmiere von in Wasser aufgelösten verschmorten Plastikteilen. Und da stand er. Verkohlt, schwarz, unansehnlich, arm und traurig – unser Jeep beziehungsweise das, was davon übrig war. Vier geplatzte Reifen, etwas Chassis, ein paar ausgebrannte Sitzfedern, der verschmorte Rest von meinem Brillenetui – traurig, traurig.

Im Laufe der nächsten Tage hörte ich dann so nach und nach, dass das nicht allein unserem Auto passiert ist. Auf diese Art gehen in Athen pro Monat circa zehn bis zwanzig Autos in die Luft. Es sind zumeist Gruppen, denen die Karre entweder zu luxuriös erscheint oder, wie in unserem Fall, das verkehrte Kennzeichen hat. Ich habe verstanden, dass diese Angriffe keinesfalls persönlicher Natur sind und nicht auf den Fahrer oder Eigentümer des Autos abzielen. Diese haben nur jeweils den Ärger. Aber eigentlich ist es nur als Protest gegen das sogenannte Establishment zu sehen. – Na prima! Ich bin doch gar kein Establishment, meinte Boss. Stimmt! Aber das haben die nicht gewusst.

Überhaupt war in diesem Jahr eine Bombenstimmung in Athen. Kurz darauf, gegen Ende des Jahres, begannen dann die Unruhen, weil ein Polizist einen Jugendlichen erschossen hat. Daraufhin stand Athen etliche Wochen lang Kopf. Mülleimer brannten, der Weihnachtsbaum auf Syntagma wurde verschiedentlich abgefackelt, wieder neu aufgestellt und wieder abgefackelt. Demonstrationen schoben sich durch die Innenstadt. Steine flogen.

Der Grieche von der Straße reagiert auf eine ganz eigene Art darauf. An einigen Stellen bauten sich Stände auf, die Wurfsteine feilboten. In den Supermärkten wurden die Campinggasbehälter, die quasi auch als Autobomben fungieren, im Dreierpack angeboten. Nimm zwei – dann gibt's noch einen gratis. Große Paletten standen plötzlich davon in den Märkten, wo die Dinger ansonsten nur stückweise verkauft werden. Protest auf seine ganz eigene Art. Und jemand erzählte mir auch von einer Begebenheit, bei der ein älterer Mann ein paar Jugendliche darauf aufmerksam machte, dass sie ein Stückchen weiter unten auf der Straße ein Polizeirevier finden könnten, sollten sie denn nun wirklich randalieren wollen. Aber man schlägt doch nicht den unschuldigen Mitbewohnern die Sachen kaputt.

Es war in der Tat so, dass diese Erlebnisse meine persönliche Perspektive zu Randalen beeinflusst haben. Es war ja schließlich auch nicht gerade ein alltägliches Erlebnis gewesen, so ein gegrilltes Auto am Stück. Grillen tun wir sonst eigentlich anders. Meistens auf dem Außengrill im Garten. Und Boss ist ein Liebhaber von der Saté-Sauce, die bei uns auf keinem Grillfestchen fehlt.

»Saté-Sauce zum Grillen«

1 EL (Curry-)Ketchup, 2 Knoblauchzehen, 6 EL Zucker, 1 Zwiebel, 1 Glas Erdnussbutter, etwas Tomatenpüree, Milch, Salz und Pfeffer und etwas scharfes Gewürz, zum Beispiel Chili.

Zwiebeln und Knoblauchzehen fein schneiden. Alle Zutaten in einen Kochtopf und vorsichtig und langsam erhitzen. Immer schön rühren dabei. Nicht kochen lassen. Wenn es schön warm ist, so viel Milch hinzugeben, bis es eine zähflüssige hellbraune Masse ist. Zum Schluss mit den Gewürzen abschmecken. Ist total ungriechisch, schmeckt aber wunderbar zu den hiesigen Souflakispießchen.

»Orangensauce zum Grillen«

Saft und Schale einer Orange reiben und auspressen. Mit 1 TL Dijon-Senf und 150–200 g griechischen Joghurt verrühren. Mit Salz und Pfeffer abschmecken. Mit Orangenschale garnieren. An Stelle des griechischen Joghurts kann auch Quark mit etwas Sahne genommen werden.

»Joghurt-Minz-Dip«

Minze waschen, trockenschütteln, die Blättchen abzupfen und hacken. In einer Schüssel den Saft einer Zitrone, Joghurt, Salz, Pfeffer und die Minze verrühren. Wenn es noch zu dickflüssig ist, ein bisschen stilles Wasser hinzufügen.

DAS GROSSE FASTEN

Fasten – auch ohne Wikipedia wissen wir, dass Fasten heißt, wenig, beziehungsweise gar nichts zu Essen. Es gibt da die unterschiedlichsten Formen. Manche Fastende trinken nur Säfte, andere nur Wasser. Manche fasten tage-, andere sogar wochenlang. Es gibt auch eine moderne Form des Fastens. Das nennt man Diät und das machen alle Frauen. Männer fangen jetzt auch schon an. Früher hielten die sich aus dem Diäten raus, nannten das Firlefanz und freuten sich über jede Frau, die etwas Gutes kochte und auf den Tisch stellte. Heute schwitzen die Herren in Muckibuden, trinken literweise KräftigungsträLnkchen, messen allabendlich die Taille und schwärmen von ihren Six-Packs. Einzig mein Bruder als Trendumkehrer hat sich letztens ein Bierbauchimplantat setzen lassen – ihm schmeckte die ganze Diäterei sowieso nie.

Jede Woche kann man von einer Diät so viele neue Variationen finden, wie es Frauenzeitschriften gibt. Jedem weiblichen Vornamen sind wie Namenstage Diäten zugeordnet. Diät, so wie es die deutsche Frau versteht, heißt zumeist weniger Kalorien zu sich nehmen. Deshalb quält sie während einer solchen der Hunger. Im Rahmen der Kalorienreduzierung schüttet sie alle möglichen hungerbetäubenden Stoffe in sich hinein. Milch- und Fleischprodukte haben kaum noch Fett, Schokolade kaum noch Zucker. Das nennt sich dann neudeutsch »low-carb« und »low-fat«. Frischgetränke sind jetzt »light« – sogar Wasser, das eigentlich von sich aus noch nie Kalorien hatte.

Auch beim Fasten haben sich alle möglichen modernen Variationen entwickelt. Saftfasten, Heilfasten, Entschlacken, Entwässern, Entstraffen, sich Aufraffen. Eine unglaubliche Vielfalt. Das alles habe ich auch nie probiert. Allerdings bin ich hier in Griechenland zum ersten Mal dem religiösen Fasten begegnet. Klar wusste ich auch vorher schon, dass nach dem Karneval (was übrigens mit »carne« – Fleisch – zu tun hat) die Fastenzeit beginnt. Nur, in Deutschland hält sich da ja sowieso keiner dran. Hier ist es anders. Hier gehört das Fasten doch noch irgendwie mit zum Alltag, auch wenn es inzwischen etwas weniger streng gesehen wird als noch vor etlichen Jahren.

Boss gibt jedenfalls die Empfehlung aus, während dieser Zeit in den Restaurants kein Fleisch zu bestellen. Nicht, weil sie es nicht hätten. Sondern weil es höchstwahrscheinlich alt sei. Außerdem hat das Fastenessen insbesondere in der vorösterlichen Zeit durchaus seinen Reiz und Geschmack. Viel Weißkraut, rote Beete, Skordaliá – Knoblauchpüree –, Thalassiná – Meeresfrüchte – und Gemüse.

Eines jedenfalls ist sicher: Man wird sich während dieser Zeit doch wieder etwas bewusster, dass nicht alles selbstverständlich ist. Irgendwie wird das Lebensmittel wieder zu einem Mittel zum Leben und ist nicht nur etwas, was man sich zwischen die Zähne schiebt. Nahrungsaufnahme wird wieder ein Ritual. Schön, wenn man da wenigstens ab und zu mal gezwungen wird, darüber nachzudenken.

Es gibt ein paar Tage im Jahr, da fastet ganz Griechenland. Einer dieser Tage ist der sogenannte Kathará Deftéra, eigentlich »reiner Montag«, in Deutschland der Rosenmontag. Er heißt so, weil früher die Hausfrauen an diesem Tag ihre Töpfe besonders gut schrubbten, um sie für die kommenden Fastentage auch wirklich fettfrei zu haben. Dieser Tag ist nämlich der erste Tag der 40-tägigen Fastenzeit vor Ostern und ein Feiertag in ganz Griechenland. Zu diesem Tag geht die Familie hinaus auf die Berge, aufs Land oder ans Meer und der Papa lässt mit dem Sohne bunte Papierdrachen steigen. Gepicknickt wird am ersten fleischfreien Tag der Saison mit rohen Salaten, eingelegtem Gemüse, Fischroggen und gegrillten Meeresfrüchten. Dazu gibt es die Lagana, ein spezielles ungesäuertes, flaches Brot, das nur einmal im Jahr am Rosenmontag gebacken wird. Woher es ursprünglich stammt und worin die Tradition begründet liegt, ist mir nicht bekannt. Das

Brot sieht aus wie ein großer viereckiger Fladen mit abgerundeten Ecken und ist mit reichlich Sesam bestreut. –

Zum Frühstück schon, wenn das Brot frisch vom Bäcker ist, wird es mit Halvá gegessen. Von diesem Tag an kommt Fleisch erst wieder in Sicht, wenn zu Ostern die Auferstehungszeremonie in der Kirche vorbei ist und das Fasten mit einem – so zumindest bei uns – Mitternachtsdinner gebrochen wird.

Insgesamt 180 Tage im Jahr kann man hier in Griechenland fasten. Und dann bestehen da auch noch Unterschiede, was man essen darf und was nicht. An manchen Tagen nichts, was rot ist, weil es an Blut erinnert. An anderen Tagen kein Öl. Oder keine Milchprodukte. Oder kein Fleisch. Es ist schon ein sehr kompliziertes Verfahren und ich blicke da nicht so genau durch. Grundprinzip in der Fasten-Orthodoxie ist noch relativ einfach: Alles was Blut hat, wird nicht gegessen. Deshalb sind Schnecken, Tintenfische und andere Meeresfrüchte erlaubt, Fleisch und Fisch hingegen verboten. Auch tierische Produkte wie Eier und Milch dürfen nicht gegessen werden. Alles, was auf der Erde wächst, hingegen ist erlaubt: Gemüse, Obst, Getreide. Es wird so manchen Bayern freuen, dass Bier somit nicht unter die Fastenregeln fällt.

Da aber eine Information über Griechenland ohne Nennung des Fastens nicht vollständig ist, will ich doch die wesentlichen Termine nennen:

Komplettes Fasten – also gar nix essen – das gibt es nur, bevor jemand die Heilige Kommunion nimmt. Dahin geht man wie zum Doktor, ohne Frühstück und mit nüchternem Magen. »Nistísima« nennt man die Speisen, die während der »Nistia-Zeit«, also während des großen Fastens vor Ostern, genossen werden dürfen. Christliche Schriftgelehrte behaupten, dass dieses große Fasten von den Aposteln festgesetzt wurde. Als Erinnerung an die Leidenszeit Christi und wahrscheinlich auch so ein kleines bisschen, um uns daran zu erinnern, dass wir Menschen nicht die Herren der Welt sind, sondern eigentlich angesichts der ganzen Schöpfung kleine Brötchen backen sollten. Heidnische Forscher wiederum behaupten, dass auch zu vorchristlichen Zeiten bereits gefastet wurde, da der Mensch schon immer über die heilsame Wirkung des Fastens informiert gewesen sei. Hippokrates als alter Grieche war auch dieser Meinung.

Die drei anderen bedeutenden Fastenzeiten in der Orthodoxie sind die Fastentage der Apostel, die an einem Montag acht Tage nach Pfingsten beginnen und bis zum 28. Juni, dem Tag von Sankt Peter und Sankt Paul währen. Des Weiteren wird vom 1. bis 14. August zur Vorbereitung auf Maria Himmelfahrt gefastet und dann noch einmal vor Weihnachten, vom 15. November bis zum 24. Dezember.

Fasten tut gut – sagten die alten Heilkundigen, antiken Ärzte und Priester. Finde ich auch. Deshalb fasten wir mal mit – nicht immer, aber immer öfter. Und sicher vor Ostern. Kein Fisch, kein Fleisch, keine Milchprodukte. Und die letzte Woche vor Ostern auch keine Eier und kein Öl mehr.

Dieses Jahr war es das erste Mal, dass wir zum Drachensteigen an »Kathará Deftéra« ausgerückt sind. Sohnemann mit Freund und ich mit Freundin. Runter ans Meer und auf einen Hügel bei Glyfada, wo nicht ganz so viele elektrische Überlandleitungen hängen. Drachensteigen an diesem Tag ist ein griechischer Volkssport. Alle – jung und alt, groß und klein – sind nachmittags draußen auf den Feldern zu finden. Alles Hans-guck-in-die-Lüfte, die ihren bunten Papierscheiben hinterhersehen. Damit wird in Griechenland der Winter vertrieben. Je höher der Drachen steigt, umso mehr Glück hat man im Jahr. Und erstaunlicherweise ist an diesem Tag auch immer ausreichend Wind, so dass die Drachen richtig fliegen. Die Sonne steht am Himmel und die ganz kalten Tage scheinen vorbei. Der Frühling kommt.

Vorher mussten wir allerdings noch zwei Drachen retten. Den von Sohnemann aus einem Baum und den vom Freund aus dem Garten eines 200 m entfernt wohnenden Gartenbesitzers. Irgendwie war ich mehr mit Rettungsaktionen beschäftigt, als dass die Burschen die

Dinger in der Luft hatten. Macht nichts. Spaß hatten wir trotzdem. Und abends haben wir dann mal angefangen mit unserem großen Fasten:

»**Blumenkohl mit Tahíni**«
1 gekochten Blumenkohl, in Scheiben geschnittene Tomate, gekochte Kartoffeln, gehackte Walnüsse und Tahini (aufgelöst mit einer Prise Salz, dem Saft von 1 Zitrone und etwas Oregano). Tahini ist eine feingemahlene Sesampaste und stammt eigentlich aus dem arabischen Raum. In Deutschland ist sie in türkischen Spezialitätenläden erhältlich.

Den Blumenkohl auf einem Teller anrichten, die Tomate und die Kartoffeln drumherum garnieren. Das Gemüse mit der Tahinisauce beträufeln und mit Walnüssen bestreuen.

»**Blumenkohlküchlein für Fastentage**«
Wenn noch etwas übrigbleibt vom Blumenkohl, kann man die Reste am Folgetag mit etwas Wasser, Salz und Pfeffer, Zitronensaft und entsprechend Mehl zu Klößen formen. Es muss ein dicklicher Brei entstehen. Diesen dann mit Löffeln in siedendes Öl einlaufen lassen und ausbacken.

»**Gefüllte Auberginen für Fastentage**«
1 kg Auberginen, etwas Sojahack, 1 Zwiebel, 2 Knoblauchzehen, Gemüsebrühe, 1 Zimtstange, etwas Kartoffelpüree, 2 Löffel Milch, 1 Löffel Tomatenpaste, schwarzer Pfeffer und für die »heißen Freunde« Chili.

Die Aubergine längs aufschneiden, etwas aushöhlen und für eine halbe Stunde in Salzwasser legen. Danach gut ausdrücken und mit Papier trockenreiben. In reichlich Öl anbraten. Dabei den Deckel von der Bratpfanne aufgesetzt lassen, damit die Aubergine durch den Dampf schön zart wird. Anschließend die Auberginen herausnehmen und in eine Auflaufform nebeneinanderschichten. Dann bereiten wir die Füllung vor: Eine kleine Handvoll Soja in Wasser einweichen, aufquellen lassen und ausdrücken. Anschließend mit der kleingeschnittenen Zwiebel in Öl andünsten und etwas in Wasser aufgelöstes Tomatenpüree hinzufügen. Salzen und pfeffern (auf Wunsch Chili). Das Sojahackzubereitung gegebenenfalls noch mit etwas Wasser verdünnen und aufkochen. Die Auberginen mit der Sojamasse füllen. Ganz zum Schluss eine dünne Schicht Kartoffelbrei darüber geben. Die gefüllten Auberginen im Backofen bei 180–200 °C ungefähr eine Stunde backen, bis der Kartoffelpüree schön braun geworden ist.

»Kartoffelsuppe mit Tahini«

Kartoffeln, Karotten, Zwiebeln und Sellerie in Wasser kochen lassen. Nach etwas Kochzeit eine entsprechende Menge passierte Tomaten hinzufügen und weiterkochen lassen. Wenn alles beinahe gar ist, fügen Sie etwas kleine Nudeln hinzu. Zum Schluss 1–2 Esslöffel Tahini mit Zitronensaft aufschlagen, bis es weiß ist. Mit einer kleinen Menge der Suppenbrühe aufrühren, damit keine Klumpen entstehen, dann zur Suppe geben, noch einmal aufkochen lassen und servieren.

»Eier mit Pilzen«

Pilze in Scheiben schneiden und in etwas Öl andünsten. Eier schlagen und darübergeben und zusammen durchbacken wie Rührei. Dazu frische Tomatenscheiben und etwas gebackenen Käse servieren.

NUR FRISCH GEPRESST – APFELSINA

Orange. Die Farbe der Sonne, von Stanley Kubricks Wecker oder des modernen Mobilfunks, von der Bundeskanzlerin ihrer Jacke im Wahlkampf, der sanften Revolution in der Ukraine, und der holländischen Monarchen und des Fußballteams. Alles Orange.

Das Wort »Orange« kommt übrigens vom arabischen »Naranj«, was wiederum aus dem Sanskritwort »nagarunga« stammt und somit angibt, dass es eine vorzugsweise von Elefanten sehr geschätzte Frucht war. Die deutsche Fassung »Apfelsine« geht darauf zurück, dass man sie als einen chinesischen Apfel betrachtete, denn von China wurde im 15. Jahrhundert die Orange nach Europa eingeführt. Wie genau das geschehen ist, kann keiner mehr nachvollziehen – also dichtet man Columbus seinen Anteil daran zu. Der war an so vielen Hin-und-Her-Einfuhren von Nahrungsmitteln beteiligt, dass wir ihm ohne weiteres auch noch die Apfelsine lassen können. Er war es aber tatsächlich, der die ersten Orangensamen mit über den Teich genommen hat und somit half, die ersten Pflanzungen von Apfelsinen und Zitruspflanzen überhaupt auf Hispaniola auf dem heutigen amerikanischen Kontinent anzulegen.

Im 16. Jahrhundert, nachdem man die Orange einmal kennengelernt hatte, wurde sie an nordeuropäischen Fürstenhöfen quasi zu einem Muss. Überall sprossen die Orangerien aus dem Boden, in denen dann die Prinzesschen mit den Barönchen, die Könige mit ihren Krönchen und die Mätressen von allen lustwandelten. Auch Goethe war von der Orange inspiriert und legte schriftlich nieder: »Kennst du das Land, wo die Zitronen blühn, im dunklen Laub die Goldorangen glühn ...«

Eigentlich braucht man über eine Orange ja gar nicht viel erzählen. Jeder kennt sie. Ich aus meiner Kinderzeit, weil sie dann auf dem bunten Teller zu Weihnachten lag. Inzwischen kann man sie das ganze Jahr hindurch im Supermarkt kaufen. Bei uns hier kann man sie im Garten pflücken. Und zwar vorzugsweise rund um die Weihnachtszeit. Dann sind sie nämlich reif. So bis Ostern herum schmecken sie prima. Geht es in den Sommer hinein, sind sie nicht mehr so besonders, trocknen aus, aus den Kernen treiben die ersten Sprossen und die Reste verfaulen unter den Bäumen. Warum man sie nicht pflückt und verkauft? – Weil es sich nicht lohnt. Selbst innerhalb Griechenlands ist pflücken und verkaufen teurer als die Importierten zu kaufen. Jedenfalls für den kleinen Plantagenbesitzer. Damit es sich lohnt, muss man schon einen halben Orangenberg besitzen. Globalisierung nennt sich das, wenn es teurer ist, die im Lande produzierten Lebensmittel zu ernten als die, die von der anderen Hälfte des Globus importiert werden. Also nur noch Eigenverbrauch und ansonsten hängen lassen. Deshalb versuchen wir auch, so viel wie möglich selbst mit der Orange zu machen. Und da gibt es eine Anzahl unglaublich schmackhafter Möglichkeiten außer schälen und roh essen. Eine kleine Anekdote möchte ich aber trotzdem noch beisteuern, die in Deutschland außer denen, die seinerzeit dabei waren, sicherlich keiner kennt.

An beinahe allen Gehwegen in Athen und auch anderen Städten stehen und blühen die Orangenbäumchen. Zu Ostern liegt dann ein herrlicher Duft in der Luft. In der zweiten Hälfte des Jahres leuchten die Früchte heran und machen die »kalte« Jahreszeit freundlicher. Allerdings sind es hier zumeist Bitterorangen. Neranziá heißen die Bäume auf Griechisch. Es gibt übrigens auch den Namen Neranziá als Taufnamen für Mädchen. Im Deutschen sind sie auch als Pomeranzen bekannt. Also die Bäume. Mein Vater nannte meine Mutter auch *Pommeranze*, aber das hatte weniger mit Orangen zu tun, sondern vielmehr mit der Tatsache, dass sie ursprünglich aus dem damals noch pommerschen Stettin stammte. Pomeranzen werden also in Griechenland als Alleenbepflanzung genommen, weil die Bitterorange erheblich widerstandsfähiger ist. Äußerlich kann man sie beinahe gar nicht von der nicht bitteren Sorte unterscheiden. Die Bitterorange ist nicht so glatt, sondern hat eine etwas schrumpeligere und verknitterte Schale. Geschmacksmäßig ist die Bitterorange, wie ihr Name schon sagt, allerdings bitter – und somit für den menschlichen Verzehr in unbearbeiteter Form nur bedingt geeignet. Das aber wussten die deutschen Soldaten im zweiten Weltkrieg nicht. Voller Freude, die Orangen nun in Hülle und Fülle zu finden, ernteten sie diese direkt in den Athener Alleen und bereiteten sich daraus ein schmackhaftes, wie sie dachten, Früchtedessert – Nachtisch hieß das ja zu jener Zeit noch. Wer kann sich ihre Enttäuschung nicht vorstellen, als sie feststellen mussten, dass das mit dem erwarteten »schmackhaft« so eine Sache war. Voller Bitternis spuckten sie das Zeug auf den Gehsteig. Was war das denn? So schmeckte doch keine Orange? Das können doch nur die Griechen gewesen sein, die den Deutschen den Genuss nicht gönnten. Wehrmachtssabotage stand da schnell im Raum. Und ebenso schnell waren die ersten erstaunten Griechen auch schon verhaftet. Man warf ihnen vor, die Orangen sabotiert zu haben. Glücklicherweise löste sich dieser Irrtum rasch auf, ohne dass es Menschenleben gekostet hatte.

Interessant ist auch die Geschichte des Orangenpapiers. Heute findet man es kaum noch. Früher war jede Apfelsine einzeln darin eingewickelt und säuberlich in einen Holzkarton gelegt worden. Ursprünglich dazu gedacht, die Apfelsine vor Stößen auf dem Transport zu schützen, wurde es schnell zu einem Werbeträger. Die unterschiedlichsten Botschaften zierten das Papier und man kann beinahe die Geschichte des 20. Jahrhunderts anhand des Orangenpapiers nachvollziehen. Aber auch von geschichtsträchtigen Figuren, Märchen, Mythen, Berühmtheiten und anderen Dinge der Zeitgeschichte erzählte das Papierchen. Und das auch noch länderspezifisch. Während in Deutschland das Rotkäppchen zum Orangenessen verführte, war es in England Robin Hood. Wer es genauer wissen will – in Salzgitter gibt es ein Museum für Orangenpapier.

Die Orange ist auch wichtig für Traumtänzer. In der Traumdeutung kommt ihr eine ganz besondere Bedeutung zu. Sie ist ein Liebessymbol und wer im Traum viele Apfelsinen am Baum hängen sieht, der darf sich über gute Aussichten in der Liebe freuen. Isst man sie, steht einem ein angenehmes Liebeserlebnis bevor. Pflücken sollte man sie allerdings nicht, dann steht nämlich das Glück auf tönernen Füßen. Wer sie groß vor sich im Raume schweben sieht, ist reiselustig. Und wenn eine Dame im Traume sieht, wie sie eine solche öffnet, dann wird sie noch so manchen Frosch küssen müssen, bevor sich ein Prinz herausschält.

Und was macht man jetzt so alles mit den Orangen? Im Kuchen, kandiert, als Nachtisch, im Salat, als Bestandteil der Canard l'Orange oder als Beilage zum Joghurt kennen wir sie ja schon. – Na, dann probiert sie eben mal als Suppe. Oder als Marmelade oder als Likörchen ... oder, oder, oder.

»Orangen-Karotten-Suppe«

Eine Handvoll Karotten, 1 mittelgroße Zwiebel, ½ Liter Wasser, Salz, Pfeffer, ¾ Liter Orangensaft (oder mehr, je nach Geschmack) sowie die geraspelte Schale einer Orange.

Karotten und Zwiebel kleinschneiden oder raspeln. Wasser aufkochen und Karotten und Zwiebeln hineingeben. Salz und Pfeffer und die Orangenschale hinzufügen. Eine Viertel Stunde kochen lassen und anschließend pürieren. Zum Schluss den Orangensaft dazugeben und verrühren. Vor dem Servieren mit Joghurt und gegebenenfalls Pfefferminzblättern dekorieren. Kann heiß und kalt genossen werden.

»Orangensuppe«

1 mittelgroße Zwiebel, ½ Liter Hühnerbrühe, Zimt, ½ Liter frisch gepressten Orangensaft, 1 Orange, einen Schuss Weißwein, Salz und Pfeffer.

Zwiebeln klein würfeln und mit der Hühnerbrühe, dem Orangensaft und dem Zimt aufkochen. Bei geschlossenem Deckel ungefähr eine Viertelstunde simmern lassen. Die Orange in Stücke schneiden. Zum Schluss aus der heißen oder kalten Suppe die Zwiebelstücke herausfiltern, die Orangenstücke dazugeben und servieren.

»Kalte Orangensuppe«

4 große Orangen, ⅛ Liter Hühnerbrühe, 1 kleine Zwiebel, etwas Tabasco, frischen oder getrockneten Thymian.

Die Schale von einer Orange ungefähr 7 Minuten in der Hühnerbrühe kochen. Topf dabei nicht abdecken, so dass es etwas einkocht und eindickt. Dann die Schale herausnehmen. Topf vom Herd nehmen. Die Orangen kleinschneiden und das Fruchtfleisch hinzugeben zusammen mit der Zwiebel und den Gewürzen. Anschließend alles pürieren und abkühlen lassen. Am besten schmeckt diese Suppe sehr gut gekühlt, wenn sie noch einen Moment im Gefrierschrank gestanden hat.

»Ricotta-Beignets mit Orangensauce«

Beignets: Aus 250 g frischem Ricottakäse, 50 g Mehl, 50 g Zucker, 2 Eiern und etwas abgeriebener Orangenschale einen Teig rühren und in Öl ausbacken.

250 ml Orangensaft, ein Schuss Sahne, etwas Butter, einen Schuss Orangenlikör, etwas Zucker und die Scheiben einer Orange zusammen in einer Pfanne aufkochen lassen. Auf niedriger Flamme einkochen lassen, bis es eingedickt ist. Über die Beignets gießen und servieren.

»Götterwein – direkt vom Olymp«

Nein, quatsch! Das ist kein griechisches Rezept. Ich weiß nicht mehr, wo ich es entdeckt habe. Probiert es einmal aus – da kommt dann doch irgendwie das Gefühl von Sonne und blauem Himmel auf. Jeweils 2 große Zitronen und Orangen schälen und in Scheiben schneiden. Diese dann zu gut ⅔ mit Puderzucker bedecken und mit 1 Glas Weißwein, ein paar Nelken und ein wenig Orangenblütenwasser ansetzen. Im zugedeckten Gefäß ein paar Stunden ziehen lassen. Dann durch einen mit Filterpapier ausgelegten Trichter abgießen. Ist beinahe mehr likörig als weinig, aber sicher hatten die Götter auf dem Olymp seinerzeit nach Genuss hiervon ihren Spaß.

»Orangenmarmelade mit Kräutern und Honig«

3 Orangen, 2 Zitronen, 1–2 Schnapsgläschen Ahornsirup, 1 EL Zucker (am besten braunen oder Kandis), 1–2 EL Honig, ½ Liter Wasser, 1 Pfund Gelierzucker und als Gewürze getrockneten Salbei, getrockneten Lavendel und etwas Inger.

Zuerst Wasser und Zucker aufkochen. In dieser Lösung die getrockneten Gewürze ein Weilchen ziehen lassen, Deckel dabei auf dem Topf lassen, sonst verduften all die guten Inhaltsstoffe. Den Saft von den Zitronen und einer Orange sowie den Honig hinzufügen und alles gut durchrühren. Danach durch ein Sieb gießen, so dass die trockenen Gewürze wieder draußen sind. Dann gibt man die filetierten 2 Orangen dazu, den Gelierzucker – und danach einfach wie üblich zur Marmelade kochen.

»Orangenblütenlikör«
Eine echte Spezialität von mir. Und die kann man nur machen, wenn man wirklich wie wir blühende ungespritzte Orangenbäumchen vor der Haustür hat. Hierzu braucht man zwei gute Handvoll frisch gepflückter Orangenblüten (ungefähr 100 g), 0,8 Liter Wodka, 600 g Zucker und ½ Liter Wasser. Die Orangenblüten werden anschließend 2–3 Wochen mit dem Wodka angesetzt, dann abgefiltert. Man erhitzt Wasser und Zucker, lässt die Lösung abkühlen und vermischt sie mit dem Orangenblütenansatz. Dieser Likör schmeckt nach gar nichts, wenn man ihn direkt nach Fertigstellung trinkt. Hat er allerdings ein paar Monate (mindestens 2–3) zwecks Reifung in Schrank gestanden, kriegen alle Genießer verklärte Augen. Übrigens: Sollte er etwas ausflocken während der Reifung, ist das kein Zeichen, dass es ihm nicht gut geht. Er will nur noch einmal gefiltert werden.

»Orangenblütenlikör – die polnische Version, sagt Boss«
50 g Orangenblüten, 1 Liter hochprozentigen Alkohol, 300 g Zucker, ½ Liter Wasser.
Orangenblüten 4 Tage lang im Alkohol ziehen lassen. Zubereitung ansonsten wie beim Limoncello. Wasser und Zucker aufkochen, abkühlen lassen, mit dem Orangenblütenansatz mischen. Boss meint allerdings, verglichen mit der Version für Feinschmecker, die ich zuvor beschrieben habe, wäre dies mehr eine polnisch-russische Variante.

ARTI-SCHOCK

Es muss das erste Osterfest gewesen sein, das wir in Griechenland verbrachten. Und für den Karfreitag, an dem traditionell auch die Gräber der Angehörigen besucht werden, hatte sich Besuch angekündigt. Jenny, die Witwe von Boss' bestem Freund wollte zusammen mit ihren Kindern eben auf die Schnelle hereinschauen. Mit den hiesigen Gebräuchen völlig unvertraut, fragte ich dann höflich nach, ob man auch etwas zu essen vorbereiten müsse. Die Antwort war ein griechiches »Vielleicht«. Auch daran sollte ich mich noch gewöhnen müssen: Alle griechischen Antworten bleiben auch nach intensivster Nachfrage noch ausgesprochen individuell interpretierbar – »borí« – kann sein, »íssos« – vielleicht.

Nun, »vielleicht« gab es im Laden nicht zu kaufen. Mit den Fastenregeln kannte ich mich auch nicht aus und wusste nur, dass unser Herr des Hauses in der heiligen Woche kein Fleisch isst. Also haben wir mal eine Runde verschiedener Salate mitgenommen. Und Brot. Wird schon irgendwie werden. Vielleicht. Borí. Issos.

Vassilis hatte uns einen Tag zuvor eine Tüte voll wilder Artischocken gegeben. Die Dinger wachsen draußen im Garten, ich hatte sie gesehen. Aber ich hätte nie die Vermutung gehegt, dass man diese Dinger essen könnte – mit all den Stacheln. Jedes einzelne Blatt hatte seinen eigenen eklig scharfen kleinen Stachel. Der Herr des Hauses stieß bei der Übergabe der Tüte ein freudiges »Mmmh!« aus, was wohl die Erwartung auf ein gutes Essen ausdrücken sollte. – Und was macht man mit den Dingern? Bei uns im Norden wird so was in den Blumenstrauß gebunden.

Bis dato hatte ich wohl schon mal Artischocken gegessen. Aber das waren die großen, die man im Norden für einen unglaublich teuren Betrag pro Stück kaufen kann. Da wurden sie gekocht und die Blätter hat man dann nach Eintunken in einen Dip ausgezuzelt. Was weiß ich, was die hier mit dem Zeug machen. Also, dachte ich weise, werde ich das Zeug auch mal kochen. Kann ja nicht falsch sein.

Erst mal die Stacheln abschneiden. Das war schon eine Arbeit für sich. Die Biester waren klein und rollten davon und bei jedem Rollen haben sie mich irgendwie mit irgendeinem ihrer Stachel doch in den Finger gestochen. Wie sich so etwas jemals als Essen hatte durchsetzen können, war mir schleierhaft. Nach beinahe zwei Stunden hatte ich endlich alle Stacheln von den 12–15 Artischocken entfernt. Was für eine Arbeit. Dann habe ich den ganzen Kram, so wie er war, in einen Topf geschmissen und erst einmal weich gekocht. Ob man das so mache, fragte mich der Chef. »Naja, ich weiß nicht. Denke schon.«

Der Besuch kam dann auch – und erfüllte meine ärgste Befürchtung: rechtzeitig zum Mittagstisch. Kein Problem, ich hatte ja Artischocken. Und noch das Chorta von gestern. Und Salat dazu. Und Karfreitag ist sowieso der strengste Fastentag. Das muss schon reichen. Der Sohn vom Chef war auch zu Besuch und holte schnell im Mini-Markt gegenüber noch ein paar Flaschen Getränke und ein bisschen Brot. Auf meine Frage, ob das so gut sei und wie es der Grieche denn essen würde, kam die knappe Antwort, ich solle »einfach ein wenig Öl drüber kippen«, es seien alles Griechen. Das passe dann schon. Na prima. Vom Chef selbst erhielt ich noch die Anweisung, dass kein Öl über das Essen zu geben sei, da viele Menschen den Karfreitag auch ölfrei begehen. Noch besser – was denn nun?

Ach weißte, dann eben nur den Salat in eine Schüssel. Alles auf den Tisch. Öl extra dazu. Fetakäse dazu. Ein paar Oliven, Brot und Wasser. Und den Rest soll jeder selber machen. Fasten oder nicht oder halb oder doch: Zu Tisch!

Das mit dem Salat und dem Chorta war ja in Ordnung. Mit den Artischocken schienen sie allerdings einige Schwierigkeiten zu haben. Mit ausdruckslosen Gesichtern, an denen nun wirklich nicht zu erkennen war, was die Einzelnen dachten, wurden die Artischocken halbiert, die Blätter zur Seite gekratzt, die Innereien von dem Ding herausgeholt und zur Seite gekratzt – und jeder äußerte sich wohlwollend über die ungewöhnliche und bisher in dieser Form noch nicht servierte Artischocke. Gewundert habe ich mich damals eigentlich nicht – ich verstand nur nicht, wieso die Griechen alle so wild auf Artischocken waren, wenn sie hinterher beinahe das ganze Ding doch nicht aßen. Was ich aber wiederum verstehen konnte, weil diese Artischocken so hart und faserig waren. Geschmack ist eben Geschmacksache – und verschiedene Länder haben verschiedene Ideen davon. Oder vielleicht war es ja auch eine besondere Maßnahme zur Fastenzeit. Wer weiß das schon.

Erst viel später, als ich bereits ständig in Griechenland wohnte, konnte ich bei anderen beobachten, wie man Artischocken zubereitet – und dann konnte ich plötzlich auch den Gesichtsausdruck der damaligen Teilnehmer des Karfreitagsessens deuten. – Typisch Griechisch: Man blieb und bleibt höflich. Immer. Wenn wir Jenny heute sehen, kriege ich noch immer einen roten Kopf ob des damaligen Osteressens. Sie hat es mir, glaube ich, verziehen – benutzt es aber sicherlich noch regelmäßig als Treppenwitz.

Also für alle, die Artischocken zubereiten wollen, ob wild oder nicht: Die Stachel braucht man selbst unter Lebensgefahr nicht einzeln abzuschneiden. Nein, man schneidet etwa 80 % der Artischocke direkt über dem Boden ab. Der Teil ist sowieso schon mal für den Kompost. Anschließend werden die restlichen Blätter heruntergerupft, bis nur noch das Herz stehenbleibt mit den Faserstängeln. Ich glaube, richtig heißt es Röhrenblüten, aber sicher bin ich mir nicht. Dann werden die Artischockenherzen mit einem Löffel ausgehöhlt und von diesen Faserstengeln befreit. Zum Schluss schneidet man den Stiel noch entsprechend kurz und dann ab in den Topf. Gegessen wird also nur das Herz der Artischocke und sonst nichts.

Nachdem ich es dann zum ersten Mal richtig griechisch gekocht hatte für meinen Herrn, kam auch die promte Anerkennung: »Ach, du weißt jetzt, wie das geht. Wer hat es dir erzählt?« – Kennst du das Gefühl, jemanden hinterrücks kaltlächelnd heimtückisch erwürgen zu wollen?

»Artischockengemüse«

Artischockenherzen (fertig aus dem Glas oder eben wie oben beschrieben selbst geputzt), Karotten, Kartoffeln, Erbsen (oder Koukiá, Ackerbohnen, Vicia faba oder auch Puffbohnen oder Dicke Bohnen auf Deutsch), Zwiebeln und Dill. Außer den Artischockenherzen wird alles kleingeschnitten und in Olivenöl kurz angebraten (für die Fastentage einfach nur kochen ohne Öl). Dann mit Wasser auffüllen, Salz und Pfeffer hinzugeben. Anschließend wird die Mischung wie eine Suppe gekocht. Ausgesprochen »nóstimo« – lecker. Außerhalb der Fastenzeit wird es hier in Griechenland gern mit der berühmten Avgolémono-Sauce serviert.

»Avgolémono-Sauce«

1 Ei pro Person, 1 kleine Zitrone, Brühe – und viel Fingerspitzengefühl.

Das Eiweiß vom Eigelb trennen und das Eiweiß zu Schnee schlagen. Während des Schlagens lässt man den Saft der Zitrone in die Eiweißmasse langsam einlaufen. Danach lässt man das Eigelb langsam in die Eiweißmasse einlaufen und rührt es unter. Zum Schluss lässt man heiße Brühe (von dem Gericht oder individuell vorbereitet) in die Eiweißmasse vorsichtig hineinlaufen. Die Brühe darf dazu nicht zu heiß sein, weil sonst alles gerinnt. Die Sauce lässt man etwas abkühlen, bevor man sie serviert. Will man gänzlich sicher sein, dass nichts gerinnt, kann man vorher etwas Maismehl mit Wasser anrühren und verdünnen, Zitrone und Eigelb, dazu die Brühe, und dann die Eiweißmasse ganz am Schluss unterheben.

DAS OSTERWUNDER

Jedes Jahr wieder und von beinahe der ganzen Welt unbeachtet findet das Osterwunder statt. Und ich denke, dass dies doch im Rahmen einer Beschreibung des Osterfestes nicht fehlen sollte. Auch ich habe das erste Mal von Boss davon gehört, als ich mit ihm zum ersten orthodoxen Osterfest meines Lebens ging. Und anfangs konnte ich es gar nicht glauben. So etwas gibt es doch gar nicht! Licht, das sich selbst entzündet! Unwirklicher Hokuspokus! Wieder so eine Idee der Kirche, um die Gläubigen bei Laune zu halten. Ist es das wirklich? Oder ist vielleicht doch etwas an der Geschichte dran? Glaube bleibt jedem selbst überlassen. Aber lassen wir Boss einmal erzählen. Er verfügt über Insiderwissen. Schließlich hat er die Geschichte gehört und von höchstmöglicher Stelle als wahr bestätigt gekommen, nämlich vom Patriarchen von Konstantinopel selbst.

Dieses Osterwunder findet jährlich am Fest der Auferstehung Christi in der Grabeskirche in Jerusalem statt. Hier sind um das eigentliche Grab Jesu zwei Räume als kleine Kapelle errichtet worden, und darüber steht die sogenannte Grabes- oder Auferstehungskirche, die die Flächen von Golgatha genauso umfasst wie die Felsenhöhle, in der Jesu seinerzeit bestattet wurde.

Am Ostersamstag füllt sich die Kirche schon gegen Morgen. Sie wird seit dem 4. Jahrhundert von Christen sowie von Muslimen und heute auch von Israelis bevölkert, unter denen auch die Offiziellen sind, die alljährlich an diesem Tag die Räumlichkeiten auf versteckte Gegenstände kontrollieren und das Grab Jesu mit Wachs versiegeln, so wie es seinerzeit von den Römern gemacht worden war, um einem Diebstahl des Leichnams zuvorzukommen. Heute allerdings erfolgt die Versiegelung, um sicherzustellen, dass bei der folgenden Zeremonie nicht gemogelt werden kann.

Kurz vor zwei Uhr betritt der Patriarch von Jerusalem die Kirche, alle Lichter erlöschen und nach kurzer Vorabzeremonie betritt er mit zwei Kerzen die Grabeskapelle. Nach uralter Tradition spricht er überlieferte Gebete und nimmt das heilige Licht in Empfang. Laut Überlieferungen kommt aus dem Inneren des Steins, auf dem Jesus aufgebahrt war, ein blaues Licht wie ein Nebel auf einem See, das mitunter die ganze Grabeskapelle erhellt und bis draußen in der umgebenden Kirche zu sehen ist. Dann wandelt sich dieses Nicht-Feuer-Licht in eine Lichtsäule und die Kerzen können daran angezündet werden.

Der Patriarch tritt nach draußen und gibt das Feuer an die Anwesenden weiter. Hier ist dann auch ein griechischer Vertreter, der die Flamme in Empfang nimmt. Olympic Airways war in den letzten Jahren so freundlich, diese nach Athen zu fliegen, von wo aus sie dann in alle Teile des Landes verteilt wird. Bei uns trifft sie meistens kurz vor Mitternacht ein.

An dieser Stelle könnte man jetzt anfangen zu diskutieren. Gibt es das wirklich? Ist das orthodoxe Propaganda? Kann das wissenschaftlich glaubwürdig sein? Was passiert da wirklich? Vor beinahe 2000 Jahren gab es keine Streichhölzer und Feuerzeuge, mit denen jemand in einem zuvor kontrollierten und versiegelten Raum auf die Schnelle mal zwei Kerzen hätte anzünden können. Außerdem ist das Licht auch außerhalb der Grabeskapelle zu sehen und es kommt zu Spontanentzündungen von Öllampen und Kerzen in der Grabeskirche selbst. Auch flackert das blaue Licht dort mitunter in den Ecken der Grabeskirche.

Wie dem auch sei. Wer auch immer einmal an dieser Zeremonie selbst teilgenommen hat, so heißt es, kommt als veränderter Mensch aus Jerusalem zurück. Bestätigen kann ich das nicht, denn ich selbst habe an dieser Zeremonie nie teilgenommen. Aber vielleicht einfach nicht wundern, sondern einmal selbst an einer orthodoxen Osterfeier teilnehmen. Oder einfach nur glauben, denn das macht die ganze

Zeremonie noch einmal so schön. Wunder kann man sowieso nicht beweisen.

»Pellkartoffeln mit Tahinisauce«

... eine Spezialität, die ich aus einem Kochbuch der orthodoxen Mönche kenne. Und die Jungs wussten und wissen, was schmeckt. Pellkartoffeln kochen kann nun beinahe jeder ohne weitere Anweisung (für unsere amerikanischen Freunde: Es ist gefährlich und kann zu Verbrennungen führen, wenn man den Topf ohne Einsatz eines Topflappens vom Herd nimmt. Auch beim Abgießen des Wassers können bei unsachgemäßer Handhabung Verbrennungen auftreten. Die Autorin übernimmt keinerlei Haftung. Bitte informiert euch vorab bei eurem nächstgelegenen kocherfahrenen Bekannten oder aber im Internet.)

Die Tahinisauce ist einfach und ausgesprochen superlecker. Man nehme: den Saft von 3 Zitronen, 3 EL Tahinipaste, 1 kleingeschnittene Zwiebel, kleingehackte Petersilie und, wer hat, ein paar Walnussraspeln und etwas Salz. Alles zusammen in einen Handshaker. Mit ungefähr einer Kaffeetasse warmem bis heißem Wasser auffüllen und shaken, bis die Saucenkonsistenz erreicht ist. Wenn es noch etwas zu dickflüssig ist, noch etwas Wasser hinzufügen. Wenn es zu dünn ist, das nächste Mal weniger Wasser nehmen, oder?

»Paputsákia«

Hierzu nimmt man die ganz kleinen Auberginen, etwas Hackfleisch, Gewürze und Fetakäse zum Überbacken. Die jeweiligen Mengen an Fleisch und Käse sind abhängig von der Menge der Auberginen. Man nimmt etwa so viel wie bei gefüllten Paprika oder Zucchini. Und wenn es zuviel Hackfleisch war, macht man aus dem Rest eben Frikadellen.

Das Hackfleisch würzen. Zusätzlich zum üblichen Salz, Pfeffer und Paprika nehme ich immer noch etwas Muskatnuss, ganz wenig Zimt und ein bisschen Knoblauch. Gut durchkneten, damit die Gewürze sich gut verteilen. Die kleinen Auberginen halbieren, leicht aushöhlen und mit einem Klecks Hackfleisch füllen. Mit Käse bestreuen und im Ofen überbacken. Oftmals gieße ich noch während des Backens pürierte Tomaten um die Auberginen herum. Das gibt dann zusätzlich ein bißchen Sauce. Wenn ich Reste von Gouda habe, nehme ich auch die anstelle von Feta.

Paputsákia heißt eigentlich »Schühchen« und ich mache sie für gewöhnlich, wenn wir zu Nichtfastenzeiten Essensbesuch haben. Sie sind einfach und unkompliziert und können im letzten Moment aus dem Ofen geholt werden. Aber einmal konnte ich die kleinen Auberginen nicht auf dem Markt finden. Macht nix, dachte ich, nehme ich eben die großen. Geschmacklich war es dasselbe, was unser Gast auch lobend erwähnte. Nur meinte er eben, dass aufgrund der Größe es nicht mehr unter den Begriff »Paputsákia« fiele, sondern mehr unter »Pantófles« – Hausschuhe.

KALÓ PÁSHA – ROTE EIER IN GRIECHENLAND

Für den Griechen ist Ostern das größte und bedeutendste Fest des Jahres. Und auch für deutsche Einwanderer oder Besucher ist das orthodoxe Osterfest ein einmaliges Erlebnis, ganz besonders wenn es in der Familie gefeiert werden kann. Natürlich versuchen alle Griechen zu diesem besonderen Feiertag bei ihrer Familie zu sein. Da viele nur zum Arbeiten in die Großstädte oder ins Ausland gezogen sind, haben sie Familien auf dem Land und in den Dörfern. Das sorgt für regen Flugbetrieb rund um Ostern und führt dazu, dass sich die Blechlawine Athens am Gründonnerstag geschlossen auf die Nationalstraße begibt und in alle Richtungen langsam hupend ins Umland schleicht. Die vielfach eingerichteten Mautstellen stauen den Verkehr dann zusätzlich noch etwas auf. Ein solcher Massenexodus ist sonst nur im Ferienmonat August zu beobachten, dann allerdings weniger zur Verwandtschaft als vielmehr als Ansturm auf die Fähren, die Richtung Urlaubsinseln davonschwimmen.

Das orthodoxe Osterfest findet nur alle paar Jahre einmal zur gleichen Zeit wie das katholische Osterfest statt. Das liegt an den Kirchenkalendern. Festgelegt wurden die Ostertage im ersten Konzil von Nicaea, als beide Kirchen noch nicht getrennt waren, auf den ersten Sonntag nach dem ersten Vollmond nach Frühlingsanfang. Allerdings benutzt die katholische Kirche heute den gregorianischen Kalender, während die griechisch-orthodoxe noch nach dem julianischen Kalender mit einem 13-tägigen Unterschied rechnet. Also findet das griechisch-orthodoxe Osterfest gewöhnlich später statt als das katholische. Hier in Griechenland hinken wir der Zeit eben hinterher – oder aber wir sind die, die das richtige Datum für's Osterfest kennen ...

Orthodoxe Ostern beginnen eigentlich schon am Palmsonntag. Ab diesem Tag werden allabendlich bestimmte Ostergottesdienste je nach Wochentag und Verlauf der ursprünglichen testamentarischen Geschichte abgehalten, die spätestens ab Gründonnerstag auch regelmäßig besucht werden. Zu meinem ersten orthodoxen Osterfest brachte Boss mich an diesem Abend auf den Berg, zum »Moní Taxiarchón«, einem wunderschönen und sehr alten kleinen Kloster, das auf einer Art Felsvorsprung steht. Hier oben wird auch die berühmte Marmelade aus Rosenblättern hergestellt, die wir gern und häufig als besonderes Mitbringsel von Aigion an Freunde und Bekannte verteilen. Die Mönche waren allesamt schon etwas älter und führten die Zeremonien mit Andacht und einer ganz besonderen Würde aus, die eben nur bei weisen und erfahrenen Menschen zu finden ist.

Die Klosterkirche war sehr klein, trotzdem konnten wir sogar noch einen Sitzplatz finden. Sie hat wirklich eine phantastische Akustik. Wieder einer der Fälle, bei denen man sich wundert, wieso die Menschen damals die Dinge ohne all die Technik besser hingekriegt haben als wir heute, die wir in Elektrik, Elektronik und Technik schlechthin ersticken. Hier kam man noch ganz ohne Hilfe von elektronischen Geräuschverteilern aus – und trotzdem konnte jeder die zeremoniellen Gebete und Gesänge nicht nur hören, sondern – da weder übersteuert noch für Halbtaube über Verstärker und Lautsprecher ausgesteuert – auch noch genießen.

Die gesamten Zeremonien waren anders, als ich sie bisher kannte, viel intensiver und getragener. Die Kirche war erfüllt vom süßen Duft der Orangenblüten. Die Gesänge, die von einem Solisten links und einer Gesangsgruppe rechts vorn in der Kirche ohne Instrumentalbegleitung gesungen wurden, waren etwas ganz Besonderes.

Ob diese Gesänge auf die Theaterkunst der antiken Griechen zurückzuführen sind oder von der Kirche selbst entwickelt wurden, ist mir nicht bekannt. Auf alle Fälle symbolisieren Sänger und Sängergruppe – ähnlich wie im antiken Theaterspiel – die Menschen auf der Straße und deren Kommentare.

Während der Gründonnerstagzeremonie werden die »12 Evangelien« vom Priester, oder hier von verschiedenen Mönchen, vorgelesen und zwischendurch kommen immer wieder die Sänger abwechselnd zu Wort. Liturgie und Zeremonie sind seit Jahrhunderten festgelegt und nie verändert oder modernisiert worden. Das gibt einem aber seltsamerweise nicht das Gefühl, man unternehme eine Zeitreise in die Vergangenheit. Man bleibt schon im Hier und Jetzt, allerdings auf einem anderen Niveau. Eine Erfahrung, die ich zuvor noch niemals bei einem Kirchenbesuch hatte. Die liturgischen Gesänge selbst sind für westliche Ohren ungewöhnlich. Es ist ein einstimmiger Gesang, wobei die Stimmen quasi wie eine Orgel schwingen. An jenem ersten Abend in der kleinen Kirche ohne viele Menschen und mit wundervollen Stimmen war es, als ob gerade diese Töne ein besonderes Echo in mir hinterließen, das ich noch spüren konnte, als wir schon lang wieder zu Hause waren.

Zur Morgenmesse am Gründonnerstag bringen die Griechen rotgefärbte Eier in die Kirche mit, die sie vom Priester segnen lassen. Sie sollen das Blut Jesu symbolisieren. Ihr rotes Ei (gekocht!) bewahren die Griechen ein Jahr in ihrem kleinen Altar, dem Ikonostasi, zu Hause auf. Bei uns ist das ein kleiner hängender Vitrinenschrank, in dem alle Hausikonen, zum Beispiel die der Namensheiligen und der Madonna mit Kind, sowie gesammelte Weihwasser und Bibeln aufbewahrt werden. Im darauffolgenden Jahr wird das rote Ei dann gern zum Grillen des Osterlamms ins Feuer geworfen.

Am Karfreitag morgens folgt das Schmücken des Sarges Christi mit vielen Blumen. Abends wird dann der geschmückte Sarg – Epitáfios genannt – durch den Ort getragen. Der Priester segnet die am Straßenrand stehenden Zuschauer. Solosänger und Gesanggruppe singen zusammen mit dem Priester während der ganzen Prozession. Sohnemann läuft immer in der ersten Reihe und singt zur Freude von Priester und Chor lautstark das Eleison mit. Zurück in der Kirche postieren sich die Träger des Sarges vor dem Eingang der Kirche, so dass alle

Gläubigen unter ihm hindurch in die Kirche gelangen. So erhalten sie den heiligen Segen. Außerdem soll das ein Symbol für die Demut vor Gott sein.

Höhepunkt ist die Osternacht von Samstag auf Sonntag. Kurz vor Mitternacht ziehen alle Dorfbewohner zur Dorfkirche. Hier wird das »Heilige Licht«, das direkt aus Jerusalem eingeflogen und in Griechenland an die Kirchen verteilt wird, von Kerze zu Kerze weitergegeben. Die Auferstehung Jesu, die Anástasi, wird dann – fast wie bei uns an Silvester – mit knallenden Feuerwerkskörpern gefeiert. Alle umarmen sich und gratulieren sich gegenseitig. Auf »Christós anesti« – „Christus ist auferstanden« – erwidert der andere: »alithós anésti« – »Wahrhaftig, er ist auferstanden!«. Außerdem wünscht man sich »chrónia polá« – wortwörtlich: »Viele Jahre!« –, womit man sagen will: Viele Jahre sollst du leben, um solche erfreulichen Augenblicke zu erleben. Hierzulande ist das vergleichbar mit den Wünschen zum neuen Jahr. Wie wichtig den Griechen das Osterfest ist, wird auf diese Weise deutlich. Und am Ostersonntag versammelt sich die ganze Familie, um das über offener Glut knusprig gebratene Osterlamm zu genießen.

Nachdem wir das große Fasten hinter uns haben, ist Ostern gewöhnlich das große Fressen. Eigentlich fängt dies schon am Karfreitagabend nach der Kirche an. Quasi der ganze Ort trifft sich danach in den ortsansässigen Kneipen, um ein Fastenmahl zu sich zu nehmen mit Kalamaraki, Skordalia (Tintenfisch und Knoblauchpüree) und Roter Beete. Am Karsamstag nach der Zeremonie der Auferstehung wird das Fasten dann offiziell gebrochen – mitten in der Nacht direkt nach der Kirche. Im Verlauf der Jahre sind wir dazu verschiedentlich eingeladen worden, und es war dann immer ein wahrlich fürstliches Essen, das uns für den Rest der Nacht im Bauch herumrumpelte. Eigentlich wird zu dieser Gelegenheit die »Majirítsa« serviert, eine Lammsuppe, dazu bin ich allerdings noch nie eingeladen worden – wahrscheinlich aus Rücksicht auf meinen deutschen Magen. In der Majirítsa werden nämlich alle Reste des Schafes verarbeitet, das am nächsten Tag auf dem Grill landet. Es werden Därme, Leber, Milz, Lunge, Herz, Hals und Bauchspeicheldrüsen verwendet, da man früher nichts weggeworfen hat, wenn man geschlachtet hatte. Was an Innereien nicht in die Suppe kommt, landet am nächsten Tag auf dem Grill als Kokoretzi. Ach ja, leicht ist die Suppe nicht, sie wird ja mit Avgolémono zubereitet, und die, die 40 Tage gefastet haben, bekommen oft Durchfall, wenn sie nicht aufpassen, wie viel sie essen.

Am Sonntag geht es gleich fröhlich weiter mit Feiern. Ganz Griechenland riecht wie ein riesiger Barbecue, denn überall vor den Häusern steht die »Súwla« – der Spieß – und das Lamm dreht sich daran. Am Spieß hängt auch das »Kokoretzi« – eine weitere griechische Spezialität. Hier werden die Innereien der Schafe mit den Därmen umwickelt, gewürzt und gegrillt. Es hat einen sehr eigenen, strengen Geschmack, aber meine beiden Herren finden es unwiderstehlich. Der Ehrlichkeit halber möchte ich hinzufügen, dass auch ich ein Stück davon ohne weiteres schätze, zum Beispiel wenn Leber dabei ist. Lunge finde ich etwas weich auf der Zunge, und sicherlich steckt diese da auch irgendwo drin.

Sohnemann hat immer noch einen Extrawunsch. Er fragt freundlicherweise im Vorhinein, ob denn auch die Hoden des Schafes mitgebacken werden können, sofern es sich um einen Bock handelt. Zur sichtlichen Belustigung der Griechen wird ihm der Gefallen getan und die ganze Gruppe guckt fasziniert zu, wenn Sohnemann durch Essen der Schafshoden seine Männlichkeit zur Schau stellt.

Ostermontag verläuft dann zumeist etwas ruhiger. Man ist immer noch mit Verdauen beschäftigt. Nach den offiziellen Statistiken sind die Notbehandlungen für Gallen- und Magenkoliken über Ostern leicht gestiegen. Wir ruhen gewöhnlich aus und essen wenig.

Jedes österliche Mahl wird mit roten Eiern abgeschlossen. Die in Deutschland übliche Tradition der knüppelbunten Eier kennt man hier nicht. Hier werden sie alle rot gefärbt. Übrigens – woher kommt wohl die Tradition der gefärbten Eier zu Ostern? – Na klar doch, von hier. Die Griechen haben's erfunden. Jeder nimmt sich also ein Ei aus dem Korb und dann wird angestoßen. Ei gegen Ei, bis eins kracht. Wessen Ei am Ende noch heil ist, ist Sieger und braucht Ostern nicht beim Abwasch zu helfen. Jedenfalls, wenn jemand anderer als Mama der Glückliche war.

Da ich nicht vermute, dass sich der Leser dieses Buches jetzt daran machen wird, Schafsinnereien zu verarbeiten, kann ich mir die typisch griechischen Osterrezepte hier natürlich sparen. Stattdessen beschreibe ich mal kurz, was wir aus Rosen machen können, die um diese Zeit auch anfangen zu blühen.

»Rosenlikör«

5 Handvoll Rosenblütenblätter (darauf achten, dass die ungespritzt sind), 70 cl Schnaps (Doppelkorn, Klarer oder Wodka), 25 cl Sirup (Zuckersirup, Ahornsirup hat auch seinen Reiz), 5 cl Grenadine- oder Kirschsirup.

Die Rosenblütenblätter in ein weithalsiges Gefäß geben, mit dem Alkohol übergießen und mindestens 6 Wochen unberührt im Schatten vor sich hin ziehen lassen. Danach abfiltern und den Zuckersirup hinzugeben. Nochmals ein paar Wochen stehen lassen. Je länger er steht, umso intensiver wird der Geschmack. Zum Schluss noch einmal abfiltern und mit dem Grenadine-/Kirschsirup rötlich einfärben.

»Duftrosenzucker«

Sehr lecker auf Waffeln, in Kuchen oder zum Kaffeesüßen, auch ein schönes Mitbringsel im Glas! 100 g Rosenblüten trocknen, am besten von gut duftenden Rosen – die trockenen Blätter zerbröseln, bis sie ganz klein sind, und dann mit 400 g Zucker mischen. Ich lasse beides zusammen in einem Püriergerät richtig klein schlagen. Der Zucker kann direkt oder später verwendet werden. Man kann etwas von den getrockneten Rosenblättern aufbewahren und später damit einen Tee aromatisieren. Statt Rosenblätter kann man auch Orangenblüten nehmen.

»Rosenmarmelade«
250 g frische Rosenblätter von rosa oder roten Duftrosen, 2 kg Zucker, 1 Zitrone, 1,5 l Wasser.

Die Rosenblätter waschen, mit etwas Zucker bestreuen und durchkneten. Den Rest des Zuckers mit Wasser gerade so bedecken und zu einem Sirup kochen. Mehrmals aufschäumen lassen. Jetzt die Rosenblätter hinzufügen und mehrmals aufkochen lassen, bis der Sirup zähflüssig wird. Ganz zum Schluss den Saft einer Zitrone hinzufügen, aufkochen lassen und die Rosenmarmelade heiß abfüllen.

WER SO VERKEHRT, VERKEHRT VERKEHRT?

Niemand, der sich in Griechenland einleben will, kommt daran vorbei, sich an den griechischen Fahrstil gewöhnen zu müssen. Er ist halt südländisch kreativ und folgt der allgemeinen und spezifisch ausgeweiteten Chaostheorie.

Als ich hier ankam und das erste Mal den Schulweg mit dem Auto einübte, fragte ich meine griechische bessere Hälfte, wie denn das so mit der Vorfahrt geregelt sei. Rechts vor links überall da, wo kein anderslautendes Schild steht? – Mmh! Ja! Eigentlich! – Die Regel gibt es wohl, allein es fehlt der Glaube. Die Griechen glauben nämlich nicht an die Regel und deshalb ist das mit dem Rechts-vor-links pro Straßenecke individuell und spezifisch zu betrachten. Gewöhnlich fährt der als Erstes, der die besseren Drohgebärden kennt, schneller ist oder die lautere Hupe hat.

Überhaupt, die Hupe ist im griechischen Auto das wichtigste Accessoire. Die darf keinesfalls fehlen – die braucht man nämlich pro Kilometer ungefähr vier bis fünf Mal. Zum Ersten hupt man, wenn man an der Ampel wartet. Da steht nämlich immer noch einer vor einem, der die Ampel nicht mehr sieht. Entweder ist er schon so weit drübergefahren, damit er noch etwas schneller ist, wenn's grünlich wird. Oder aber er ist vom zweiten Streifen, dem für geradeaus, einfach abgebogen und hat sich vor die Reihe der in der Abbiegerspur wartenden Fahrzeuge gestellt. Das sind meistens Taxen, Kleinbusse und die Autos mit eingebauter Vorfahrt wie Mercedes, BMW und die großen Japaner. Die haben es immer besonders eilig. Ich denke, die bekommen zusammen mit den Fahrzeugpapieren auch eine andere Verkehrsordnung ausgehändigt.

Da hat man jemanden im Auto, der aussteigen will. Das passiert ja mal. Na, dann eben schnell anhalten. Mitten auf der Fahrbahn, Warnblinklicht im letzten Moment rein, Vollbremsung ... und dann hat man Zeit, sich genüsslich mit Küsschen vom Beifahrer zu verabschieden respektive beim Taxi ums Fahrgeld zu verhandeln. Dahinter reihen sich dann ebenfalls mit knapper Vollbremsung die übrigen Verkehrsteilnehmer auf – und hupen. Ein paar hundert Meter weiter stoppt das Taxi wieder, genauso abrupt und ebenfalls mitten auf der Fahrbahn. Am rechten Fahrbahnrand – oder auch auf dem mittleren Grünstreifen – steht ein mit beiden Händen wedelnder Passant. Das Taxifenster wird runtergekurbelt – die erste Hupe ertönt. Ein Zwiegespräch entbrennt zwischen möglichem Fahrgast und Taxi – die nächsten Hupen ertönen. Dann wird das Fenster wieder hochgekurbelt und das Taxi gibt Vollgas zum Weiterfahren. Der Passant bleibt stehen. Er wollte in die verkehrte Richtung.

Kreuzung. Große Kreuzung. Es gibt eine Ampel und einen Polizisten. Beide sind nicht synchron geschaltet. In diesem Falle ist der Polizist zu beachten, der mit blauer Uniform, gelber Weste und weißen Mickey-Mouse-Handschuhen mitten zwischen den Autos steht und mit seiner Pfeife La Paloma trillert. Dauert es dem Autofahrer etwa zu lange? Na was wohl! Er hupt den Schutzmann an und dieser trillert auf seiner Pfeife zurück. Morgendliches Duett im zähfließenden Verkehr.

Auf einer längeren Allee, die sich quer durch Athen zieht, steht auf jeder Kreuzung so ein Verkehrswedel – alle asynchron, auch untereinander. Jeder ist bemüht, seine eigene Kreuzung geschmeidig zu halten, was natürlich spätestens bei der nächsten zu einem längeren Stau führt. Auf diese Art und Weise hupt sich die Autoschlange durch die Innenstadt. Bei Regen und im Winter, wenn's richtig kalt ist, stehen keine Polizisten draußen. Logisch, denen ist ja auch kalt. Da bleiben die lieber drin – und dann klappt das auch mit dem Verkehr. So rund 50 Minuten brauche ich bei normaler Verkehrslage für die 15 km zur Schule – einfache Strecke versteht sich. Aber ich war auch schon mal über 2 Stunden unterwegs. Wenn Unfall, Stau, Streik und Regenwetter zusammenkommen, dann kann das dauern.

Sehr individuell rasen auch die Zweiräder durch die Stadt. Sie passen sich dem Verkehrsfluss dahingehend an, dass sie zwischen den Autos auf den Trennstrichen zwischen den einzelnen Fahrbahnen mit Wahnsinnsgeschwindigkeiten durchrasen – dauerhupend. Stehen die Autos mal zu dicht nebeneinander an den Fahrstreifen und ist der Mopedfahrer gezwungen anzuhalten, klopft er wütend auf das Dach des verkehrsbehindernden Fahrzeugs, dessen Fahrer sich doch so dreist auf die Fahrbahn gestellt hat, dass das Moped nicht durchkommt. Eine Unverschämtheit ist das! Das Moped quetscht sich deshalb auch an dem Fahrzeug entlang, Spiegel klackt an Spiegel. Der Mopedfahrer stößt wüste Beschimpfungen aus und wenn er sehr böse ist, tritt er auch mal kräftig gegen das jeweilige Fahrzeug (wahrscheinlich, weil er den Hintern des Autofahrers nicht erreichen kann). Dieses unverblümte Anhalten mitten im Stau auf dem Fahrstreifen hat ihn glatte 10 Sekunden gekostet. Muss man einfach stoisch aushalten ...

Ein Vorteil, wenn man per Moped durch die Stadt fährt, ist auch, dass man sich an Einbahnstraßen nicht halten muss – denk ich mal. Jedenfalls fahren Mopeds in jede Richtung durch und werden geisterfahrerböse, wenn ein anderes Fahrzeug wagt, in der vorgeschriebenen Richtung ebenfalls passieren zu wollen. Die Gesichter der Mopedfahrer sind immer sehr gestresst und angespannt, weil die Autos ihnen so viel Ärger machen. Das kann man deutlich sehen, denn in den meisten Fällen tragen sie ja keinen Helm. Im Sommer kann man als Frau auch die gebräunten und gestählten Oberkörper bewundern, die für die holde Weiblichkeit am Straßenrand noch einen Extra-Wheely hinlegen – bevor sie sich dann selbst am Straßenrand hinlegen und Blümchen gebracht bekommen. Wochenlang. Mit Kerzen und Kreuzen.

In Athen fährt man mit offener Autoscheibe. Nein, das hat nichts mit der Temperatur zu tun. Die Autos hier haben alle Klimaanlagen. Das hat damit zu tun, dass man einen etwaigen Hupengruß schnell genug erwidern kann. Da kann man mal sehen, wie die Umgebung das Verhalten von Verkehrsteilnehmern beeinflusst. Im hohen Norden bleiben auf Grund der vorherrschenden Kälte die Autofenster geschlossen und man wirft sich den allseits beliebten Autofahrergruß zu, indem man mit dem Zeigefinger gegen die Stirn tippt (die brutalere Version ist die mit dem hochgestreckten Mittelfinger, der nicht an die Stirn tippt). Hier in Griechenland streckt man die ganze Hand mit gespreizten ausgestreckten Fingern nach draußen und schreit noch ein lautes »Maláka!« hinterher – ein Begriff, der ursprünglich einmal eine eigenhändige sexuelle Handlung umschrieb und heute in etwa so vielfältig gebraucht wird wie das berühmte deutsche Loch. Logisch muss das Autofenster offen sein, sonst kriegt man die Hand ja nicht schnell genug nach draußen. Also Vorsicht, ihr netten nordeuropäischen Autofahrer, mit erhobener Hand und ausgestreckten Fingern sollte man sich in Griechenland nicht dafür bedanken, dass ein Mitverkehrsteilnehmer die Vorfahrt gewährt hat. Das könnte zu direkten Komplikationen führen.

So ein Fußgängör hat's ganz schön schwör – in Griechenland. Jedenfalls, wenn er eine Fußrunde durch die Stadt drehen will und in einer Gegend wohnt wie wir, wo noch keine richtigen Fußgängerboulevards angelegt sind. Oh ja – natürlich gibt es auch hier Bürgersteige. Meistens jeweils einen rechts und einen links an der Straße. Sofern dort keine Blumenkübel oder Zäune dicht am Bürgersteigrand zur Fahrbahn hin aufgestellt und einbetoniert sind, sind die Bürgersteige zugeparkt. Ist die Straße breiter, auch schon mal zweireihig (die zweite Reihe hat dann die Warnblinkanlage an und geht gemütlich einkaufen). In die Bürgersteige eingelassen sind Bäume als Einparkhilfen – sodass man hinter diesen Bäumen jetzt echt nicht mehr parken kann (es sei denn, man hat ein Moped). Das lässt dem Fußgänger dann so seine 30 bis 40 cm Platz, um sich zwischen Baum und Zaunbewuchs der angrenzenden Residenzen durchzuquetschen. Da der Baum beim Einpflanzen mal kleiner gewesen war und sein Wurzelumfang in der Zwischenzeit zugenommen hat, haben sich die Verlegeplatten auf den Bürgersteigen verworfen, so dass der Fußgänger gut beraten ist, seinen Blick nach unten zu richten. Zum ersten stolpert man dann nicht so häufig und zum anderen tritt man auch nicht so häufig in die kleinen braunen Wachttürme, die unsere vierbeinigen Hausgenossen beim Gassi-Gehen hinterlassen. Kurz und gut – meistens läuft der griechische Fußgänger zur hupenden Freude der anderen Verkehrsteilnehmer auf der Fahrbahn. Da zieht er seinen Einkaufsbuggy hinter sich her und da trägt er auch seine noch nicht lauffähigen Kinder spazieren – Kinderwagen als Verkehrsteilnehmer habe ich hier höchst selten einmal gesehen.

Außerhalb des Stadtverkehrs gibt es auch besondere Regeln. Eine davon ist, dass man die Standspur auf den ausgebauten Nationalstraßen mitbenutzt, wenn die Straßen nur einspurig sind. Dann wird es gern gesehen, dass sich Langsamfahrer, die sich entweder an die Geschwindigkeitsbegrenzung halten wollen oder aber anderweitig die Landschaft betrachten, auf die Standspur zurückziehen und da vor sich hin trödeln. Der echte, schnittige Autofahrer nimmt dann die Fahrspur und zieht großzügig gelassen an der lahmen Ente vorüber. Sollte das einem eventuellen Nachfolger noch zu lahm sein, dann überholt der auch schon mal in der dritten imaginären Fahrspur. Laut hupen – und schon rücken alle ein bisschen zusammen. Dann klappt's auch mit dem Gegenverkehr.

Wer jetzt denkt, die Polizei würde einschreiten, der hat sich geirrt. Nicht nur, dass die auch auf der Standspur fährt. Nee, hab' mal eine Panne, so dass du den Wagen anhalten musst – patsch! Da sind sie schon da, die Cops, und haben den Abschleppwagen gleich im Schlepptau. Weg mit dir von der Standspur! Das behindert den gesamten Verkehr! Und wenn die Karre nicht innerhalb von 2 Minuten wieder fit ist, dann rollt der Abnepper schon sein Schleppseil heraus ...

Ansonsten habe ich mich aber gut an die lokalen Verkehrsverhältnisse angepasst. Ich hupe, motze, schreie, halte meine Hände aus dem Fenster, fahre verkehrtherum in Einbahnstraßen, überhole links und rechts, parke an Kreuzungen und in zweiter Reihe und ignoriere die Verkehrshinweisschilder.

Am schlimmsten – sagt Boss und schließt auf dem Beifahrersitz gottergeben die Augen – sind Deutsche, die den griechischen Fahrstil perfektioniert haben. Ich weiß gar nicht, wovon der spricht.

Auch wenn die Griechen scheinbar kein Rezept gegen den Verkehrsinfarkt haben, vorbeugend gegen einen Herzinfarkt bei diesem Verkehr ist die mediterrane gemüsehaltige Küche auf jeden Fall. Ich gebe euch hier mal ein paar schnelle Rezepte. Wir machen es oft so, dass wir eine Vielzahl dieser kleinen Gemüsegerichte auf dem Tisch haben und so richtig im Gemüse schwelgen – das ist gesund und liegt nicht schwer im Magen. Aber auch als Beilage schmecken diese Kleinigkeiten.

»Erbsen mit Zitronensaft«

Wenn man gefrorene Erbsen nimmt, dann bitte ein paar Mal kräftig abspülen. Ansonsten eben die frischen Erbsen gut waschen. 2 Zwiebeln schneiden und in Öl dünsten. Mit etwas Wasser auffüllen und die Zwiebeln kochen, bis sie gar sind. Jetzt die Erbsen mit noch ein wenig Wasser hinzufügen. Salzen. Weiterkochen, bis die Erbsen gar sind. Zum Schluss eine halbe Tasse Zitronensaft hinzufügen. Die Zitronenerbsen sind zum Beispiel zusammen mit frischem Brot ein gutes Essen für die Fastenzeit.

»Hummus aus Linsen, Bohnen oder Kichererbsen«

Hülsenfrüchte gar kochen (oder bereits gekochte aus der Dose nehmen) und fein pürieren. Nach Geschmack und Menge der Hülsenfrüchte frische Knoblauchzehen hinzufügen und mitpürieren. Etwas Zitronensaft und Olivenöl hinzufügen, so dass es geschmeidig wird. Wenn das Hummus dann immer noch nicht breiig genug ist, noch etwas Wasser beimengen. Das Endprodukt sollte in etwa die Konsistenz von einem Grießbrei haben. Auch hierzu reicht man frisches Brot.

»Gegrillte Zucchinischeiben mit frischem Knoblauch«
Sehr einfach und schmeckt herrlich an warmen Sommertagen. Eine Zucchini der Länge nach in Scheiben schneiden. Auf den Grill legen und gut durchgrillen. Serviert werden die gegrillten Scheiben noch warm mit kleingeschnittenem frischem Knoblauch.

»Kichererbsensuppe mit Sesam-Kouloúri«
500 g Kichererbsen, gute Menge Zwiebeln, 1 Glas Olivenöl, Salz, Pfeffer, Lorbeerblätter, Thymian oder Oregano, 1 Glas Mehl.

Alles in einen Tontopf geben (ein Römertopf geht auch), mit ungefähr 1,5 l Wasser gut bedecken. (Das Mehl mit Wasser anrühren, bevor es daruntergegeben wird.) Im Ofen bei 200 Grad ungefähr 15–20 Minuten backen. Noch 5–6 Stunden bei 140–150 Grad weiterbacken lassen. Dazu gibt es frische Sesambrotringe – Kouloúri.

»Hülsenfrüchte in Tomatensauce«
Hülsenfrüchte gleich welcher Art können mit diesem Rezept schmackhaft zubereitet werden. Dazu werden die Hülsenfrüchte, wenn nötig, die Nacht zuvor in Wasser eingeweicht. Man schneidet eine Zwiebel klein und brät sie mit Olivenöl an, bis sie glasig wird. Jetzt werden noch eine Knoblauchzehe sowie 2 kleingeschnittene (auf Wunsch enthäutete) Tomaten und die Hülsenfrüchte hinzugegeben. Ein wenig Wasser dazu und dann das Ganze köcheln lassen, bis es gar ist. Wer will, kann einen halben Teelöffel Zucker dazugeben oder

einen Schuss Tomatenketchup. Salzen und Pfeffern. Serviert wird auch hier mit frischem Brot oder Sesambrotringen.

»Warmer Salat mit Koukiá und Fetakäse«
900 g Koukiá, Olivenöl, 3 kleingeschnittene Tomaten, 4 kleingeschnittene Knoblauchzehen, ungefähr 120 g Fetakäse, Dillspitzen, 12 schwarze Oliven, Salz, Pfeffer, frische Dillstängel zum Garnieren.

Koukiá sind dicke braune Bohnen, die ich so in dieser Form im Norden noch nicht gesehen habe. Im Deutschen heißen sie auch Ackerbohnen oder Puffbohnen. Sie schmecken ausgesprochen gut und gehören zu unseren Standardgerichten. Die Koukiá haben eine Art schwarze Zunge auf der einen Schmalseite. Diese muss herausgeschnitten werden. Danach werden die Bohnen über Nacht eingeweicht.

Koukiá in Salzwasser aufsetzen und gar kochen, was etwa eine Stunde dauern kann. Olivenöl in eine Pfanne geben und darin Knoblauchzehen und Tomaten ungefähr 10 Minuten dünsten. Danach den Fetakäse hineinkrümeln und noch 1–2 Minuten mitköcheln lassen. Zum Schluss die gekochten Koukiá und Oliven dazugeben. Mit Dillspitzen, Salz und Pfeffer würzen. Serviert wird auch hier mit Brot. Koukiá lassen sich auch mit einer Zitronensauce kochen, wie bei den Erbsen oben beschrieben, oder man kann sie statt mit Fetakäse und Oliven mit verschiedenen grünblättrigen Gemüsen wie Spinat zusammen kochen. Alles ist lecker.

ALLES IM EIMER

Das hat etwas mit der griechischen Kultur zu tun. Behaupte ich jetzt einfach mal. Wahrscheinlich lässt sich diese Sitte sogar noch auf die Antike zurückführen, wo die Griechen bekanntlich ja schon wassergespülte Toiletten hatten. Ja, ja – fortschrittlich war man hier. Irgendwann ging das technische Wissen dann verloren. Es kann natürlich etwas in den Genen hängengeblieben sein. Wer weiß das schon so genau. DNA-Erinnerung oder so.

Jedenfalls wurde nach der Renaissance, die in Griechenland ja gar nicht richtig stattgefunden hat, irgendwann in der Neuzeit das Spülklo wiederentdeckt. Jetzt in Keramik. Auch die Griechen bauten es ein. Nur irgendwie hatte die US-amerikanische Erfindung des gerollten Toilettenpapieres für den Mit-einem-Wisch-ist-alles-weg-Effekt den Weg nicht so schnell nach Europa gefunden wie das Keramikteil zum Sitzen.

Also hat man das in Griechenland genauso gemacht wie meine Oma, die auch jeden Sonntagabend die Wochenendausgabe des Lokalblattes zu handlichen Zetteln verarbeitete – im Din-A6-Format, das ja damals gar noch nicht so hieß, weil die EU uns noch gar nicht alle formatiert hatte. Jedenfalls wurden die Zettel dann mittels eines gewöhnliches Bindfadens zu einer Art Kalender zusammengenäht und für den täglichen Abriss ins stille Örtchen gehängt.

Hier in Griechenland hat man das genauso gemacht – nur hat in den damaligen Abflussleitungen das Papier gedrückt, und zwar so sehr, dass die Zettelchen die Leitungen verstopften. Also – pfiffiger Grieche! – hat der den Wischweg nicht mehr in die Schüssel, sondern in den Abfalleimer daneben gegeben. Und da das jetzt seit Generationen so geht, denkt auch keiner mehr drüber nach. Auch da nicht, wo alte Ableitungen schon lange ersetzt worden sind und jetzt ohne

Schwierigkeiten das ohnehin weichere Toilettenpapier transportieren könnten. Dem Griechen steckt's noch stets in den Genen. Das Papier gehört in den Eimer – und eben nicht in die Keramikschüssel!

Nun ja, der Holländer hat eben andere Gene. Wohl, weil da oben in den Niederlanden die Einführung des Toilettenpapiers gleichzeitig mit der der Keramikschüssel stattfand. Vorher, mit den Zeitungen, hatte man ja noch das außerhäusige Plumpsklo, wo alles ohne Schwierigkeiten hineingeworfen werden konnte. Jedenfalls wunderte sich der Holländer über das Papier im Eimer – und erhielt die Antwort: »Wisch und Weg.« Dafür ist das. Wegen der Verstopfungsgefahr.

Der Holländer dachte nach. Wenn schon das Papier verstopft – was kann dann die viel dickere und steifere Entladung erst anrichten. Und um kein eventuelles Malheur zu verursachen, hat er dann eben gleich in den Eimer gesch...

Das geschah auf dem Boot einer befreundeten Familie, die die holländischen Jungs zu einer Fahrt im ionischen Meer eingeladen hatte. Nun ja – was bleibt noch zu sagen übrig. »Madame was not amused!« Aber geputzt hat's der Kapitän. Wohl dem, der einen hat.

So, und was für ein Rezept passt wohl hierzu? Ich weiß es wirklich nicht. »Mousse au Chocolat« schlug ein Freund vor – aber das koche ich ja nie. Ich denke, wir lassen diese Geschichte aus kulinarischer Sicht mal unbelastet und verzichten auf das Rezept.

TOURISMUS LIVE!

Ich war touristische Erfahrungen sammeln. Kenne ich ja noch aus der Türkei und von Mallorca. Bin ja schließlich selbst jahrelang Touri gewesen. Davon war ich ja bis jetzt in Griechenland verschont geblieben. Und irgendwie ändert sich die Perspektive. Wenn man in Athen wohnt, geht man nicht so oft auf die Akropolis, dass einem die Touristen auffallen. Und in Aigion, wo das Strandhaus mit Garten steht – nun da gibt es keine Touristen. Nur Einheimische, die in den Sommermonaten bei der Familie Urlaub machen. Aber keine holländischen Schneckenhäuser, Outdoor-Trekker, Sonnenanbeter oder sonstige Strandbevölkerungen. Also war ich bis dato vom griechischen Tourismus reichlich unbelastet. Und so bin ich dann gen Olympia und Mykene gefahren. Fröhlich und irgendwie innerlich der Überzeugung, es wäre wie im archäologischen Museum von Aigion. Man kauft eine Karte, geht rein und keiner ist da. Unbedarft eben.

Was mich zuerst beeindruckte, noch bevor ich irgendetwas Antikes überhaupt erahnen konnte, waren die Busse. 20, 30 an der Zahl und manche davon sogar doppelt, also etagenweise gesehen. Unermüdlich spuckten die Busse die Touristen auf die Straße. Ja, richtig! – so sehen die aus. Kurze Hosen, weiße Tennissocken hochgezogen bis in die Kniekehlen und Sandalen. Der Buchhalter auf Reisen. Dicke Kameras baumelten vor ebenso dicken Bierbäuchen. Mami hatte sich den pinkfarbenen Wickel um die stabile Hüfte geschlungen und ließ sarimäßig unter dem zu kurzen hellblaugrünen T-Shirt – letztes Jahr hatte es noch gepasst – ihre Schwimmreifen blitzen. Kinder liefen mit gelangweilter Mine nebendran und fragten sich, warum die Erwachsenen wohl so viel kaputte Steine angucken müssen. Japaner erinnerten an die Wackelhunde, die in den 60er Jahren hinten in den Opel Kapitäns vor sich hin nickten. Und die Amerikaner schwangen von jeglicher historischen Ahnung völlig unbelastet große, überlaute Reden, warum die Griechen von heute nicht mehr die Griechen von gestern seien. Sie können auch bis heute nicht begreifen, was die Griechen gegen sie haben. Na, dann eben doch mal in die Geschichtsbücher gucken und nachlesen, Ende 60er, Anfang 70er des 20. Jahrhunderts. Aber mehr wird jetzt nicht verraten.

Hier in Griechenland werden die Touristen etikettiert. Ja, genau – du hast richtig gelesen. Alle die, die aus den Bussen dürfen, werden vorher mit Etikett versehen. Darauf steht – mit Farbklecks fürs Optische und für die, die schlecht lesen können –, welchem Bus sie gehören. Und alle haben sie Wächter. Die müssen aufpassen, dass keiner verloren geht. Oder von den Wegen abkommt. Und keine anderen Andenken mitnimmt, als die, die in den Läden verkauft werden. Meistens sind diese Wächter Damen. Die tragen das gleiche Etikett, was den Touristen über dem Herzen auf dem T-Shirt prangt, auf eine Tafel gepappt, die sie vor sich hertragen. Dahinter müssen sich alle Touristen aufreihen. Und dann geht's geschlossen im Gänsemarsch zur Attraktion. Der Wächter erzählt die Geschichte, die sich doch keiner merken kann und die kleinen Anekdötchen, die der Tourist dann hinterher noch zusammen mit dem Foto zum Besten geben kann. Hinterher müssen alle noch in den Andenkenladen der Attraktion und dann werden sie wieder von den Bussen eingesogen. Weiter geht's zur nächsten Attraktion. Auf diese Art sehen die Amerikaner nicht nur die Peloponnes in 24 Stunden, sondern ganz Griechenland in 48.

Rund um die Attraktionen leben eigentlich keine Menschen. Obwohl da viele Häuser hingebaut worden sind. Aber die sind nur für die Touristen da. Massenversammlungen von Andenkenläden »Herkules«, Kaffeebar »Menelaos«, Buch- und Kartenladen »Helena«, Restaurant »Zum Odysseus«. Nur die Toilettenwagen sind noch nicht getauft. Aber das kriegen die auch noch hin. Auf meinem Trip nach Olympia fand ich ein Restaurant ganz herrlich, das sogar mit Aircondition für das Gartenlokal draußen aufwarten konnte – wenn das kein Service für die schwitzenden Kultouries ist!

Ähem – dann geh ich mal eben im Winter.

»Hühnchen mit Nudeln«

1 Hühnchen, 150 g Olivenöl, kleingehackte Zwiebeln, 4–5 große reife Tomaten (alternativ: Tomatenpüree oder passierte Tomaten aus der Dose), Zimt, Nelken, Salz und Pfeffer, 500 g Bandnudeln oder Tagliatelle.

Das Hühnchen waschen, die Haut abziehen und in einzelne Teile schneiden. Anschließend die Hühnerteile in einer Pfanne braun anbraten. Zur Seite stellen. Im Öl jetzt die Zwiebeln anbraten, bis sie goldbraun sind. Danach die Tomaten dazugeben und die Hühnerteile ebenfalls wieder zurückgeben in den Topf. Mit Zimt, Nelken, Salz und Pfeffer würzen. Etwas heißes Wasser hinzugeben. Das Huhn bei schwacher Hitze ungefähr 1 Stunde schmoren lassen. Dann noch einmal 2 ½ Gläser heißes Wasser dazugeben und sobald die Flüssigkeit kocht, die Nudeln ebenfalls hinzufügen. Huhn und Nudeln lässt man kochen, bis keine Flüssigkeit mehr im Topf ist. Am besten eignen sich für dieses Gericht flache Bandnudeln oder Tagliatelle.

»Hase in Zitronensauce«

1 Hase oder Kaninchen. Bitte unbedingt von allem Fett befreien, denn Hasenfett schmeckt wirklich nicht. Den Hasen (oder Kaninchen) in Portionen zerteilen und über Nacht im Saft von 3 Zitronen marinieren. Dann die Fleischstücke mit Knoblauch zusammen anbraten, mit Wein ablöschen und den Saft von 7 ausgepressten Zitronen hinzufügen. Mit Salz und Pfeffer würzen und so lange schmoren, bis das Fleisch gar ist. Jetzt noch etwas Fetakäse verkrümeln und hinzufügen.

IN DER BANK AUF DER BANK

Der Ausdruck »Agápi mu«, der die griechisch-romantische Version von »Mein Schatz« ist, leitet zumeist Sätze ein, die eine etwas langweile oder unerwünschte bis unangenehme Bitte zur Folge haben. So auch heute! Agápi mu soll zur Bank gehen und Geld einzahlen.

Der Besuch einer Bank in Griechenland kann sich leicht zu einem halbtägigen Ereignis ausweiten. Beim ersten Mal war ich noch erstaunt, als mein Liebster abends den Wecker auf früh morgens stellte mit der Begründung, er müsse zur Bank. Weshalb muss man denn da so früh aufstehen, dachte ich mir, wollte aber nichts sagen. Andere Länder, andere Sitten, dachte ich noch. Vielleicht gehen Griechen ja auch vorzugsweise früh zur Bank, weil es gegen Mittag so warm wird. Früh ging er los – Stunden später kam er dann zurück. Von der Bank? – Gut, dass ich nicht eifersüchtig bin. Das hätte mir aber in Deutschland niemand als Ausrede präsentieren dürfen.

Ich sollte schnell feststellen, dass das gar keine Ausrede war. Nein, hier in Griechenland dauert es Stunden. Auf jeder Bank und auf jeder Post. Wie das funktioniert, habe ich dann schnell gelernt. Man geht rein und zieht eine Nummer. Man schaut auf die Anzeigetafel und stellt fest, dass ungefähr noch 30–40 Mann vor einem sind. Ein Schalter ist besetzt. Auf den anderen Stühlen sitzt auch jemand und ist beschäftigt – aber leider nicht mit den Laufkunden. Nun kann man entweder schätzen, wie lange das wohl dauern wird und in der Zwischenzeit spazieren gehen, einkaufen oder sich eine Zeitung holen und Kreuzworträtsel lösen. Boss empfiehlt bereits von Anbeginn ein spannendes Buch dabeizuhaben, da die Zeitung gegebenenfalls doch nicht ausreichen könnte. Und weggehen und später wiederkommen ist auch mitunter nicht glücklich. Es ist unangenehmerweise schon passiert, dass es doch schnell ging, weil die Hälfte der 40 Mann nämlich ebenfalls einkaufen war und die Nummern übersprungen wurden. Und wenn man zu spät wieder zurückkommt, dann muss man eine neue Nummer ziehen und eben nochmal von vorn anfangen zu warten, was eine wahre Geduldsprobe selbst für den Wartefreudigsten ist.

Nachdem alles auf Sicherheit umgestellt wurde, beginnt das Abenteuer bereits, wenn man die Bank betreten will. Leider hatte mich darauf noch niemand vorbereitet. Das letzte Mal waren wir im Dorf auf der Bank gewesen. Jetzt allerdings sind wir wieder in Athen und Boss hat mir die Bank gezeigt und mich angewiesen, dass ich da am Montag hinmüsse. Plötzlich stand ich vor einem ganzen Schließanlagentürsystem. Die Bank hatte nämlich doppelte Türen. Und eine Erklärung auf Griechisch. Nicht gerade die optimalen Voraussetzungen, um da jemals hineinzukommen. Jedenfalls nicht für jemanden, der nicht fließend Griechisch versteht. Irgendwann habe ich dann durch Beobachten anderer Bankbesucher gelernt und festgestellt: Ah ha! So geht das! So ging die erste Tür auf. Dann stand man drin. Vor der zweiten. Die erste verschloss sich – aber die zweite ging nicht auf. Man, bzw. Frau in meinem Fall, stand gefangen in einem Glaskasten von einem halben Quadratmeter Größe. »Ich bin eine Hausfrau – HOLT MICH HIER RAUS!«

Nichts da, nix bewegte sich. Eine Stimme plapperte munter drauf los. In Griechisch. Ich fühlte mich wie damals in Tokio in dem japanischen Lift, nur dass der sich bewegte, japanisch sprach und mich wieder rausgelassen hat. Ich rüttelte an der Tür vor mir und hinter mir. Nix. Nur die Stimme wurde penetranter, so als wäre sie von meiner Dummheit genervt. Das wird doch nicht etwa ein richtiger Mensch sein? Vorsichtig wagte ich Hallo zu sagen und dass ich kein Griechisch kann. Die Stimme hörte mir gar nicht zu. Also doch ein Automat. Irgendwie war das erleichternd. Stell dir mal vor, da wäre wirklich jemand gewesen, so wie am Bestellautomaten von McDrive.

Draußen, vor der ersten Eingangstür rüttelten schon die, die nach mir reinwollten und entweder auch nicht wussten, wie, oder aber sauer waren, dass es bei mir so lange dauerte. Ich drehte mich im Kreis und sah mich um. Plötzlich machte es »Klick« und die zweite, innere Tür öffnete sich und ich konnte raus. War wohl was mit Zeitschaltuhr, oder was?!

Vorsichtshalber ging ich nicht einkaufen, sondern wartete mal die 30-40 Mann ab. Wer konnte wissen, ob ich, wenn ich hier wieder rauskäme, jemals auch wieder hineinkäme! Also hingesetzt und Buch gelesen. Der Rückweg erwies sich dann als ähnlich kompliziert. Wieder durch so eine doppelte Tür. Aber diesmal ging es schneller. Die Zeitschaltuhr beim Reingehen ist wohl auf eine längere Dauer geschaltet als beim Rausgehen.

Erst nach einigen weiteren Besuchen habe ich das Prinzip begriffen. Beim Reingehen ist eine Kamera oberhalb des geschätzt größten Griechenhauptes angebracht. In diese Kamera muss man reinschauen. Und zwar ohne Sonnenbrille, Kopftuch oder anderweitig entstellende Gegenstände. Dann wird das Gesicht gescannt, erfasst und wahrscheinlich in einer dieser brillianten Bankbesucherfassungsdateien gespeichert. Und erst dann öffnet sich die zweite Tür. Gut, dass das mindestens die Hälfte der übrigen Bankbesucher auch nicht begreift. Denn immer, wenn ich gehe, steckt irgendjemand in dem Ding fest wie ich seinerzeit. Aber ich traue mich jetzt auch wieder rauszugehen und zu spazieren, bis ich an der Reihe bin. Und dann lasse ich mein Gesicht eben nochmal scannen – und nochmal – und nochmal, bis dem Scanner schwindlig wird. Wollen wir doch mal richtig Bits und Bytes produzieren. Ob diese Daten auch alle nach Brüssel geschickt werden müssen und ich dann mit allen Gesichtern der EU verglichen werde, ob ich woanders auch schon auf der Bank war?

Eine andere Eigenheit des griechischen Banksystems ist, dass nichts mit Schecks, Überweisungen und dergleichen so funktioniert, wie ich das von Nordeuropa gewöhnt bin. Als ich das erste Mal etwas überweisen wollte, musste ich mich auch in die Warteschlange einreihen, um dann zu erfahren, dass man zwar von meinem Konto auf ein anderes überweisen könne, dass das aber dauere und 10 % Überweisungskosten des Überweisungsbetrages ausmachen würde – und ob ich das Geld nicht lieber abheben und direkt hintragen wolle zum Empfänger. Das mache ich seitdem auch immer so. Und Boss auch.

Interessantes Banking hier in Griechenland. Hightech beim Reingehen und drinnen IT zu Fuß. Aber eigentlich schöner, weil menschlicher. Nicht mehr nur noch Maschinen und Internetseiten wie in den »höher« entwickelten Ländern, wo jemand ohne Computer verlorener ist als jemand ohne Strom. Man ist hier eben nicht nur eine Nummer in der Datenbank.

Übrigens – um mal wieder auf den Faden der Logik zu kommen. Wie wollen die eigentlich in ihrer Datenbank wissen, wer denn nun in der Bank war. Sie kontrollieren nämlich keine Namen. Also haben sie nur Gesichter. Oder ist alles schon so weit abgeglichen, dass sie die Namen zu den Gesichtern dann direkt aus den Datenbanken der elektronischen Pässe hinzufügen? Wer weiß das schon. Irgendwie haben wir doch alle den Überblick verloren über den Datenmüll, den wir produzieren. In wenigen Jahren wird die halbe Menschheit vor Computern sitzen, um den Datenmüll von sich und anderen zu sortieren. Dann wird nichts mehr produziert, hergestellt oder angebaut, weil alle damit beschäftigt sind, alle zu kontrollieren. Wahrscheinlich essen wir dann auch Datenmüll. Chemie ist es ja heute schon. Aber ich verplappere mich mal wieder. Dabei ist es längst Zeit, zu kochen.

»Fava«

Fava wird aus Bohnen gemacht. Hier in Griechenland werden dafür besondere Bohnen verkauft, die ein bisschen an rote Linsen erinnern. In anderen Gefilden kann man aber auch dicke weiße Bohnen nehmen. Wer Gelegenheit hat, sollte sich jedoch ein Säckchen Fava mitbringen (lassen). Hiervon nehme man die gewünschte Menge und koche sie in leicht gesalzenem Wasser. Richtig lange kochen lassen, bis sie herrlich durchgekocht und weich sind. Anschließend gebe ich sie in ein Sieb, lasse sie gut abtropfen und drücke sie durch das Sieb zu einer Art dickerem Püree. Dieser Püree wird mit Olivenöl verdünnt, bis eine breiige Masse entsteht. Kurz vor dem Servieren gebe ich kleingeschnittene Zwiebeln und Tomaten obendrauf und noch etwas Olivenöl. Gegessen wird die Fava mit frischem Brot als kleine Vorspeise. Oft wird sie auch ohne Dekoration serviert und man reicht die Zwiebeln geviertelt dazu. Von diesen geviertelten Zwiebeln bricht man sich dann ein Stück Zwiebelschale ab und löffelt damit sozusagen die Fava. Beide Variationen sind ausgesprochen schmackhaft.

»Gefüllte Zucchiniblüten«

Die Zucchini im Originalzustand, wenn sie wächst, hat eine Blüte. Dieser Blüte wird im Norden Europas für gewöhnlich wenig Beachtung geschenkt. Viele entsorgen sie vor dem Zubereiten der Zucchini selbst, wenn man sie denn wirklich noch an der Zucchini beim Kauf findet. Hier werden Zucchinis gewöhnlich mit Blüte angeboten – und werden sie aus dem eigenen Garten geholt, sind die Blüten ja sowieso noch dran. Also die Zucchini koche ich einfach in ein bisschen Salzwasser. Ringsherum dekoriere ich dann die Blüten, die ich zuvor wie folgt gefüllt habe:

Eine Tasse Reis waschen und ungekocht in ein wenig Öl anbraten. Petersilie, Dill, eine kleingeschnittene Tomate, 1 geraspelte Karotte, eine kleingeschnittene Zwiebel, Pfeffer, Salz hinzufügen. Die Zutaten im Topf schmoren. Gegebenenfalls und nach Geschmack noch etwas Tomatenmark hinzufügen, dann wird es etwas rötlicher. Diese Masse immer noch ungekocht in die gewaschenen Zucchiniblüten einfüllen.

Bitte nur zu ungefähr ⅓ auffüllen. Anschließend in einem Topf mit wenig Wasser kochen. Der Reis geht auf und die Blätter sind jetzt prall gefüllt. Das Essen warm servieren.

Hinweis für Fleischesser: Man kann zusammen mit dem Reis zusätzlich noch Rinderhack mit anbraten. Dann nimmt man ungefähr doppelt so viel Rinderhack wie ungekochten Reis.

»Broccoligemüse«

Das ist ausgesprochen einfach und das Lieblingsgericht von Boss. Wasser mit ein wenig Salz zum Kochen bringen. Dann den Broccoli hineingeben. Kochen bis er »al dente« ist, also wie sein Frauchen schön bissig. Und dann serviere ich ihn mit ein wenig Olivenöl übergossen und mit Mandelblättchen bestreut. Zu all dem gibt es frisches Brot. Und dann brauchen wir auch kein Fleisch.

Kleiner Tipp für das Kochen von Broccoli und anderem grünem Gemüse

Grünes Gemüse bleibt grün oder wird sogar noch grüner, wenn man es in kochendes Wasser gibt. Setzt man es hingegen in kaltem Wasser auf und bringt es langsam zum Kochen, verliert sich das echte Grün in ein schmutziges Grüngrau. Das hat etwas mit Chemie zu tun. Diese Farbintensivierung entsteht durch eine Freisetzung von Gasen aus den Lufttaschen zwischen den Zellen, sagen die Forscher. Wer dieses superintensive Grün so servieren will, füge dem Wasser dann etwas Natron bei. Ansonsten verliert der Broccoli wieder etwas Farbe. Ich persönlich spare mir allerdings das Natron. Ich finde den Broccoli auch so grün genug – allerdings setze ich ihn nicht mehr mit kaltem Wasser auf. Nicht nur wegen der Farbe, auch wegen der Kochzeiten. So geht's nämlich auch noch schneller.

VORHANG AUF!

Griechischer als Theater kann nicht. Schließlich haben sie es erfunden. Die Griechen und das Theater sind untrennbar miteinander verbunden. Und das sieht und merkt man überall. Das Theater auf den Straßen, im Verkehr, bei den Demos, in der Familie. Überall ist Theatralik. »Ti na kánume?« – ruft der Durchschnittsgrieche mindestens drei- bis fünfmal pro Gespräch, um damit anzudeuten, dass das Schicksal mal wieder überhandgenommen hat und man nichts, aber auch rein gar nichts dagegen tun kann. Dazu wird eine Mimik aufgesetzt, die unzweifelhaft darauf schließen lässt, dass das Ende der Welt gekommen und Atlas soeben die Weltkugel von den Schultern gekullert ist.

»Warum gucken eigentlich alle Griechen so knatschig?«, fragte mich eine Freundin anlässlich ihres Besuches. »Sind die alle krank? Oder fehlt denen was?«

Nun ja, diese Freundin ist Italienerin und als solche dem Dolce-Vita anhängig. So was haben wir hier in Griechenland ja nun auch nicht zu bieten. Der Grieche und seine Griechin gucken in der Tat oft unerfreulich leidend. Mundwinkel nach unten und dann geht's los durch die Straßen und in die Kafenion – ratschen. Über alles und jedes. Wild gestikulierend und mit unbeschreiblicher Redegeschwindigkeit wird die Unbill der Welt durchgekaut: »Ti na kánume.«

Dabei muss ich sagen und zugeben, dass Griechenland für Theater- und Musikfreunde ein wahres El Dorado ist. Musikmäßig ist alles vertreten von der Volksmusik bis hin zur schönsten Klassik und Moderne. Junge und bekannte Künstler gleichermaßen. Im Theater ebenso. Egal, ob man ein Anhänger der klassischen Antike ist oder von modern kreischenden Tanzaufführungen. In einer unglaublichen Vielzahl von Theatern und Kleinkunstbühnen findet sich für jeden Geschmack etwas. Eigentlich könnte man ohne Schwierigkeiten jeden Abend auf Achse sein und es genießen.

Und an dieser Stelle finde ich, dass ein bisschen Kultur nun wirklich nicht schaden kann – und deshalb werde ich hier ein Interview einfügen, dass ich beim Durchstöbern alter Papiere gefunden und selbst übersetzt habe. Ihr geht ja schließlich alle ab und zu mal ins Theater. Dann sollтет ihr zumindest auch wissen, wer's erfunden hat – auch wenn es vielleicht etwas langweiliger zu lesen ist.

Das griechische Theater

Ein Interview mit dem verstorbenen griechischen Botschafter Themistokles Chrysanthopoulos. Dieses Interview fand in den 1950er Jahren statt, als seine Exzellenz sein Land in Washington DC repräsentierte. Es ist nicht mehr nachvollziehbar, welche Radiostation seinerzeit das Interview geführt und/oder ausgestrahlt hat.

Journalist: Ich bin überzeugt, dass die meisten unserer Zuhörer wissen, dass das Theater, wie wir es kennen, seine Ursprünge in Griechenland hat. Aber vielleicht können Sie uns erzählen, wie all das wirklich anfing.

Botschafter: Es ist mir eine Ehre. Sie werden sich aus Ihren Schultagen daran erinnern, dass der Kult des Dionysos die Fertilität der Natur und die Schaffenskraft des menschlichen Verstandes symbolisierte. Dionysos wurde zu verschiedenen Anlässen mehrere Male im Jahr gefeiert. Das Theater hat seine Ursprünge in diesen Festen. Während dieser Feiern rezitierte eine talentierte Person einige der legendären Abenteuer des Gottes. Ursprünglich waren sie einfache Improvisationen, aber im Laufe der Zeit entwickelten sie sich weiter und wurden schon im Vorhinein geplant und vorbereitet.

Journalist: Fand denn dieses Geschichtenerzählen vor einem größeren Publikum statt?

Botschafter: Natürlich. Das Publikum nahm sogar an den Vorträgen teil, indem es seine Heiterkeit, seinen Kummer oder sein Entsetzen abhängig von der Stimmung des Vortrags ausdrückte. Manchmal wiederholten sie auch die Verse des Erzählers. So ist dann quasi der Chor entstanden.

Journalist: Ist »Chor« denn ein griechisches Wort?

Botschafter: Ja, natürlich. Eigentlich sind viele Theaterausdrücke griechischen Ursprungs. Zum Beispiel entstand das Wort »Tragödie« in weit zurückliegenden heidnischen Tagen aus dem Wort »trágos«, was »Ziege« bedeutet. Der Grund dafür war, dass in der Mythologie die Anhänger von Dionysos, die Satyrn, als Halbmänner und Halbziegen geschildert wurden. Andere griechische Wörter des Theatervokabulars sind das Wort »Theater« selbst, die Szene, die Komödie, das Drama und noch viele, auf die ich aber im Moment nicht komme.

Journalist: Wie wurde aus diesen Anfängen das klassische griechische Theater?

Botschafter: Der wichtigste Schritt war, dass sich der Dramatiker vom Schauspieler trennte. Die Anzahl möglicher Themen erweiterte sich. Mystische oder historische Persönlichkeiten wurden in das Spiel aufgenommen. Aischylos fügte eine zweite Person zum Vortrag hinzu und Sophokles schließlich sogar eine Dritte. Somit war aus dem früheren Monolog oder Einzelvortrag ein Dialog, eine Diskussion und Unterhaltung zwischen den einzelnen Mitwirkenden entstanden.

Journalist: Sehr interessant. Hatte sich das Theater zu diesem Zeitpunkt von seinem ehemals religiösen Ursprung abgewandt?

Botschafter: Nein. Die Spiele wurden noch immer im Zusammenhang mit dem Dionysoskult abgehalten. Während diese Feierlichkeiten fanden Festspiele statt, bei denen jeder Dramatiker eine Trilogie – Tragödien und Komödien – präsentierte. Eine Trilogie ist eine Reihe von drei Theaterstücken, die miteinander in Zusammenhang stehen. Alle Trilogien wurden von einem Komitee beurteilt und der Sieger mit einem Preis ausgezeichnet.

Journalist: Wenn die Ursprünge des Theaters auf einer heidnischen Religion basieren, wie wurde das durch den Vormarsch des Christentums beeinflusst?

Botschafter: Die ersten Christen verboten das Theater schlichtweg mit der Begründung seiner nahen Bande zum Heidentum. Die ersten Jahrhunderte der christlichen Zeitrechnung hatten kein Interesse daran, weder am Theater selbst noch an dessen Entstehungsgeschichte oder Weiterentwicklung.

Journalist: Was verursachte die Wiederbelebung des Theaterwesens?

Botschafter: Kurioserweise war es die Kirche selbst. Das erste bekannte religiöse Theaterstück wurde von Bischof Methodios im dritten Jahrhundert geschrieben und trug den Titel »Das Symposium der Jungfrauen«. Es wurde zuerst in Antiochien aufgeführt, das seinerzeit ein Zentrum der Wissenschaften war. Sie wissen vielleicht auch, dass Arius, der Gründer der als Arianismus bekannten häretischen Lehre, auch der Autor des Gedichts »Thalia« war. Viele andere Manuskripte, die auf christlichen Themen basieren, sind gefunden worden. Eines davon ist »Christus im Leiden«, geschrieben im 10. Jahrhundert. Es weist Ähnlichkeiten zu den religiösen Mysterienspielen auf, wie sie seinerzeit in Westeuropa aufgeführt wurden.

Journalist: Gibt es Unterschiede zwischen dem byzantinischen Theater und den mittelalterlichen Mysterienspielen?

Botschafter: Ja, natürlich gibt es die. Um Kirchgänger anzuziehen, präsentierten die Geistlichen Westeuropas die Mysterienspiele mit dramatischer Theatralik. Der griechische Klerus hingegen kehrte zum religiösen Ursprung zurück und entwickelte so die dramatischen Rituale, die verschiedene Ereignisse in der Geschichte des Christentums darstellen. Im Gegensatz zu den Mysterienspielen fanden diese Rituale jedoch nur innerhalb offizieller Kultstätten statt und wurden ausschließlich von den Geistlichen selbst aufgeführt. Der grundsätzliche Unterschied bestand somit darin, dass im Osten diese Rituale rein symbolisch und abstrakt waren, weit entfernt jeder Form des Realismus. Noch heute findet man Spuren dieser Ritualdramen in den Osterzeremonien der griechisch-orthodoxen Kirche.

Journalist: Hatte der Untergang des Byzantinischen Reiches 1453 Einfluss auf die Entwicklung des Theaters?

Botschafter: Unter der Herrschaft des Osmanischen Reichs wurden alle Formen des intellektuellen Ausdrucks im öffentlichen Leben unterdrückt. Die Intellektuellen jener Zeit gingen entweder ins Kloster, um dort ihre Traditionen zu pflegen und zu bewahren, oder flohen nach Italien. Mit sich nahmen sie eine Vielzahl der unbezahlbaren Manuskripte von Konstantinopel, wie zum Beispiel die Texte der klassischen Theaterstücke in der Form, wie sie uns heute bekannt sind. So wurde das Theater der Renaissance in Italien geboren, um von dort aus nach Frankreich und England zu gelangen. Corneille, Racine und Shakespeare begeisterten sich am antiken Vorbild und führten dessen Geist in ihren Schriften fort.

Während dieser dunklen Periode wurde eine andere Form des Theaters, das Schattentheater, entwickelt. Die Wurzeln des griechischen Schattentheaters des Karagiosis, das in Griechenland sehr bekannt ist, gehen auf das persische Schattentheater zurück. Es ist ein hoch formelles Theater mit einer vorgegebenen Anzahl von Protagonisten, jeder mit seinem eigenen klar definierten Charakter. Was sich ändert, ist das Thema. Aber wo das persische Schattentheater in seinen Grundzügen eher obszön war, wurde es in den Händen der Griechen zur Qualitätssatire. Es zeichnet einen typischen Griechen und wie er unter osmanischer Herrschaft seine Schwierigkeiten des täglichen Lebens erfährt und überwindet – und wie er es immer wieder schaffte, seine Probleme zu bewältigen, indem er die lokalen osmanischen Herrscher zum Narren hielt. Die Texte dieser Spiele wurden von Generation zu Generation mündlich weitergegeben und werden erst seit kurzem auch in schriftlicher Form bewahrt. Karagiosis war in

Griechenland während der Besatzungszeiten aus offensichtlichen Gründen sehr populär.

Journalist: Wann gewann das Theater in Griechenland wieder an Bedeutung?

Botschafter: Trotz der Unterdrückung der Kunst auf dem Festland erschien das griechische Theater Anfang des 17. Jahrhunderts unter venezianischer Besatzung in Kreta wieder auf der Bildfläche. Fünf Theaterstücke dieser Periode sind uns bekannt, das beste unter ihnen ist sicherlich das »Opfer von Abraham«. Es ist ein erstklassiges Literaturstück, in der Form dem italienischen Theater dieser Zeit ähnlich, aber in der Präsentation des Themas rein griechisch.

Journalist: Ich bin überzeugt, dass unsere Zuhörer diese Ausführungen über die Ursprünge des griechischen Theaters ebenso interessant gefunden haben wie ich. Aber geben sie uns doch noch einen kurzen Umriss über das Theater des heutigen Griechenlands!

Botschafter: Sobald Griechenland von den Türken 1830 befreit war, lebte auch die Theaterkunst wieder auf. Ich möchte sagen, in der Form und Bedeutung, wie es ihrer langen und reichen Tradition entsprach.

Unser bedeutendstes Theater heute ist das Nationale Theater, das vom Prinzen Nikolas von Griechenland, dem Vater der gegenwärtigen Herzogin von Kent, vor ungefähr 50 Jahren gegründet wurde. Es wird von einem Ausschuss von Literaten geführt, und seine Ausgaben werden durch den Staat gedeckt. Seine Ziele sind vielfältig: zunächst einmal der Erhalt des antiken griechischen Theaters. Das haben sie sehr erfolgreich getan, unter anderem auch mit einer Aufführung von zwei antiken Tragödien im Jahr 1952 in New York. Das Theater ermutigt zeitgenössische griechische Autoren, indem es ihnen eine Bühne für ihre Stücke bietet. Auch hier waren sie sehr erfolgreich. Jedes Jahr werden moderne griechische Stücke aufgeführt, und wir sind zu Recht stolz auf unsere modernen Theaterautoren. Das Nationale Theater bildet auch junge Schauspieler aus und unterhält eine erstklassige

Schule für Dramatik, auf der die meisten gegenwärtigen Schauspieler Griechenlands graduiert haben. Zu guter Letzt aber bringt das Nationale Theater die Kunst anderer Länder zu uns. Sie werden nicht überrascht sein zu erfahren, dass amerikanische Dramatiker wie Eugene O'Neill, Maxwell Anderson, Tennessee Williams und John Steinbeck in Griechenland weithin bekannt sind. Während des Sommers unternimmt das Theater Tourneen durch das In- und Ausland.

Jedes Jahr, zum Ende des Sommers finden unter dem Himmel Athens Aufführungen einer Reihe antiker Tragödien statt. Das Athener Sommertheater. Gespielt wird im Theater des Herodes Atticus, einem römischen Theater am Fuß der Akropolis. Das Theater von Dionysos, das älteste bekannte Theater, ist nur wenige hundert Meter entfernt, aber das römische wird vorgezogen, weil es größer ist und über eine bessere Akustik verfügt. So wird das antike Theater in seiner ursprünglichen Umgebung erhalten. Vielleicht ist das der Grund für den Erfolg unserer Schauspieler und ihrer Interpretationen.

Journalist: Gibt es noch andere Theaterorganisationen in Griechenland?

Botschafter: Oh ja, viele. Außer dem Nationalen Theater gibt es andere erstklassige private Gesellschaften mit sehr hohen Ansprüchen und qualitativ hochwertigen Aufführungen. Einige sind schlechter ausgestattet, aber andere wie das »Cotopouli Theater« haben modernste Technik einschließlich einer Drehbühne. Es gibt auch das Lyrische Theater, wo Opern und Musikopern präsentiert werden. Und man darf auch die Musikrevues nicht vergessen, die sehr populär sind, und die auch die Form der politischen Satire annehmen. Es ist vielleicht interessant zu bemerken, dass während der feindlichen Besatzung im Zweiten Weltkrieg viele Widerstandslieder durch das leichte Theater zum Publikum kamen und den Feind zum Entzücken des Publikums verspotteten.

(An dieser Stelle möchte ich dem griechischen Botschafter, Herrn Leonidas Chrysanthopoulos, danken, dass er mir das Manuskript seines Vaters für diesen Artikel zur Verfügung gestellt hat.)

Zum antiken griechischen Theater gehört antikes griechisches Essen, oder?

»**Antiker griechischer Salat (Version 1)**«
Rucola mit gewürfeltem Fetakäse mischen. Mit Olivenöl und ein wenig Essig oder Zitrone, Salz und Pfeffer abschmecken. Wir persönlich nehmen nur Olivenöl, da es durch den Fetakäse sowieso salzig genug ist. Und mein Herr und Gebieter mag es weder scharf noch sauer.

»**Antiker griechischer Salat (Version 2)**«
Die Basis ist Eisbergsalat oder einfacher grüner Salat, den man auf die gewohnte Manier wäscht und zerkleinert. Weiterhin schneidet man frische Äpfel und Gurken in kleine Stücke. Dazu gibt man ein paar frische kleine rote Trauben oder aber getrocknete Rosinen und ein paar kleingeschnittene getrocknete Backpflaumen. Dazu schneiden wir noch ein paar frische Minzblätter klein. Alles schön mischen in einer entsprechend großen Schüssel. Angerichtet wird der Salat mit einer Sauce aus Joghurt und Honig, die ich im Handshaker kräftig schüttele. Auf jedwede andere Gewürze verzichte ich.

»**Bauchspeck mit Honig-Essig-Sauce**«
Bauchspeck mit Salz und Pfeffer und etwas süßem Paprikapulver würzen und braten. Wenn der Speck servierfertig ist, aus der Pfanne nehmen, in dieselbe Pfanne pro Bauchspeckstück einen Esslöffel Honig geben. Mit einem gutschmeckenden Essig ablöschen, mit Thymian würzen, verrühren und noch warm über den Bauchspeck geben. Ser-

vieren mit einem Püree aus Kichererbsen und Gemüse nach Geschmack.

Diese Rezepte haben wir teils erfragt, teils selbst nach Geschmack nachgekocht, nachdem wir sehr zu unserer Zufriedenheit im »Ancient Tastes« in Athen essen waren, wo ausschließlich antikes Essen serviert wird. Gegessen wird ohne Gabel (die gab es damals noch nicht), nur mit Löffel und Messer. Und es wird nichts serviert, was erst später importiert wurde. Es gibt also keine Kartoffeln, Tomaten, Pommes usw. sondern nur das, was dem antiken Griechen als Nahrung auch schon zur Verfügung stand. Äußerst empfehlenswert. Wer nach Athen reist, sollte sich diesen Genuss nicht entgehen lassen.

DER MODERNE PHILOSOPH

Das erste Mal, als ich die Karagiosis-Puppe sah, konnte ich rein gar nichts damit anfangen. Eine Gliederpuppe wie ein Hampelmann mit Strippe dran zum Ziehen. Und aussehen tut er auch mehr wie ein Türke als ein Grieche. Wer oder was war das? Er hing überall an den Verkaufsständen für Touristen in der Plaka.

Der beste Freund von Boss pflegte seine anekdotenreichen Erzählungen des Öfteren mit kleinen Einlagen über »Karagiosis« zu würzen. Diesen Geschichten nach zu urteilen musste Karagiosis die Versinnbildlichung von Tünnes und Scheel sein, die zwischenzeitlich in Schilda Zuflucht gefunden haben und sich ausgiebig an Schildbürgerstreichen ergötzen.

Wochen später hörte ich zufällig beim Touristenroutenlaufen mit einer Bekannten – von Zeit zu Zeit machen wir so was aus Langeweile oder um Touristen zu gucken – dass es sich bei dieser Hampelmannfigur um Karagiosis handelt. Wer also ist das denn nun?

Sagen wir mal so: Karagiosis ist so etwas wie ein moderner satirischer Philosoph. Eine Kombination von Politsatire und Komik gemischt mit einem Hauch mittelalterlicher Hofnarrenpräsenz. Commedia dell'Arte in Papierformat. Karagiosis ist das griechische Schattentheater und erhielt seinen Namen nach seinem Hauptdarsteller. Karagiosis ist der Protagonist schlechthin und spielt immer mit. Sein Name ist tatsächlich türkischen Ursprungs und bedeutet »Schwarzauge«. Unlängst ist er von der UNESCO sogar den Türken als kulturhistorisches Erbe zugesprochen worden. Meiner Meinung nach sehen das die Griechen allerdings anders. Während der ottomanischen Besatzung war das Karagiosis-Schattentheather ein Mittel, um das griechische Alltagsleben darzustellen, später entwickelte es sich zum gesellschaftskritischen Schattenspiel. Im Schattentheatermuseum in Maroussi (Athen) sind heute auch Figuren der aktuellen Politik zu sehen, die Eingang in das Schattentheater als politsatirisches Ventil gehalten haben.

Karagiosis kam aus dem Proletariat, das sich auf diese Weise seinem angestauten Ärger Luft machte. Alle Stücke waren Stehgreifaufführungen und wurden – wenn überhaupt – mündlich überliefert. Teilweise waren es aber auch nur Parodien auf aktuelle politische oder soziale Ereignisse und somit an sich schon nicht langlebig. Karagiosis ersetzte auch die Zeitung. Durch die Schattentheaterspieler kamen die Neuigkeiten landauf und landab. Das war Fernsehen gestern – live zum Dabeisein und Mitmachen. Und dann fragen uns unsere Kinder heute, wie man das nur habe aushalten können ohne Fernsehen, Computer und all den anderen elektronischen Schnickschnack. Na, so zum Beispiel.

Der Scherenschnitthampelmann war ein richtiger Künstler. Er sollte in gewissem Sinne den Durchschnittsmenschen symbolisieren. Der ist Analphabet, Bauer oder Arbeiter, hat keinen Beruf gelernt, übt aber jede Tätigkeit aus, die ihm aufgetragen wird. So war jedenfalls die Vorstellung zur Entstehungszeit des Schattentheaters, in der der Charakter der Figur im Wesentlichen geprägt wurde. Arbeiten tut er zumeist für den Herrn, der im Haus gegenüber wohnt – den Pascha, der den Staatsapparat oder die herrschende Klasse symbolisiert. Karagiosis ist Optimist. Er erledigt alles auf seine Weise, tölpelhaft bauernschlau. Währenddessen zieht er alles und jeden durch den Kakao und die Obrigkeit bekommt gehörig ihr Fett weg.

Anfang des 20. Jahrhunderts war Karagiosis dann nicht allein eine Veranstaltung für den armen Mann von der Straße, sondern wurde salonfähig und hielt ins Bewusstsein und die Stuben der griechischen Upperclass Einzug. Inzwischen ist er aber fast nur noch eine Touristenattraktion, obgleich einige wenige versuchen, das Handwerk des Schattenspiels am Leben zu erhalten. Und ich finde, das sollte man doch unterstützen. Fernsehen, Video, Computer hin oder her. So eine Aufführung im Schattentheater hat einen ganz besonderen Reiz, den die elektronischen Medien gar nicht einfangen können. Wer nach Athen kommt, sollte versuchen eine solche Veranstaltung zu besuchen, wenn gerade eine stattfindet. Meistens sind sie auf der Plaka unterhalb der Akropolis zu finden. Ab und zu hat auch das Karagiosis-Museum in Maroussi kleine Aufführungen. Einer der klassischen Aussprüche von Karagiosis lautet: »Wie aßen, wir tranken und jetzt gehen wir hungrig zu Bett!« Damit euch das nicht passiert, hier schnell noch ein paar Rezepte.

»Ofenkartoffeln mit Senf und Orangen«

1 kg Kartoffeln, Saft von 4 Zitronen und 4 Apfelsinen sowie die abgeraspelte Schale von 1 Zitrone und 1 Apfelsine, Olivenöl, 1–3 Esslöffel von schön würzigem Senf, 1 Knoblauchzehe, etwas Salz und Pfeffer.

Kartoffeln in Stücke oder Scheiben schneiden und in eine feuerfeste Form geben. Mit Olivenöl, Zitronensaft und Orangensaft übergießen. Die Kartoffeln müssen mit Flüssigkeit bedeckt sein – notfalls pressen Sie eben eine Orange mehr aus. Knoblauch pressen und zusammen mit Salz und Pfeffer untermengen. Deckel auf die Schale und die »Gastra«, einen Tontopf, 40 Minuten im Ofen bei 200 Grad backen. Dannach den Deckel abnehmen und den Senf darauf in einer Schicht verteilen. Weitere 10 Minuten backen. Das Gericht ist gut, wenn sich eine krokantartige Kruste gebildet hat. Ich selbst nehme dazu einen indischen Tandoori-Topf mit Luftabzugsloch im Deckel. Es geht aber auch im Römertopf. Dann aber einen Gummiring, wie man sie für Einkochgläser benutzt, zwischen Deckel und Topf klemmen, damit die feuchte Luft abziehen kann.

»Gouna – gesalzener, getrockneter Fisch«

Fisch, bevorzugt Makrele, Salz, Pfeffer, Öl, Zitrone, Oregano.

Den Fisch putzen und die Köpfe wegwerfen. Am besten lässt man das schon im Geschäft machen. Zu Hause den Fisch der Länge nach aufschneiden, an der Rückenflosse zusammenlassen und aufklappen (also von oben nach unten ohne ihn komplett zu trennen). Gut waschen, gut salzen und pfeffern. Danach lässt man ihn einen Tag in der

Sonne liegen. – Also ein Rezept für den Sommer! – Anschließend grillt man ihn auf dem Kohlegrill. Ein bisschen Olivenöl und Zitronensaft dazu. Und fertig ist die Grillparty.

»**Rosen- und Veilchenwein – nach Apicius**«
Dieses Rezept geht auf den Römer Apicius zurück und funktioniert in der Tat recht gut. Wer also Wein mit etwas Geschmack mag und nicht gleich selbst anfangen will, Heidelbeerwein und Ähnliches herzustellen, kann ja mal diesen Wein mit Blüten probieren. Ich habe es auch mit Orangenblüten probiert, ebenfalls eine interessante Variante. Man nimmt also eine Handvoll Rosenblätter, Veilchenblätter, Orangenblüten (eurer Phantasie sind keine Grenzen gesetzt – mehr als nicht schmecken kann es ja nicht; darauf achten, dass kein Tau mehr an den Blüten ist) und füllt diese in ein Leinensäckchen. Dieses Säckchen hängt man dann in den Wein, den man zuvor aus einer Flasche in ein anderes Gefäß mit einer breiteren Öffnung dekantiert hat. Es gibt da sehr schöne Karaffen. Nach sieben Tagen das Blütensäckchen herausholen und mit einem neu gefüllten Beutel ersetzen. Und in der dritten Woche noch einmal dasselbe. Danach seiht man den Wein durch und gibt beim Trinken etwas Honig dazu. Nicht allzu lange aufbewahren. Ach, und bei exzessivem Genuss: Aspirin dazureichen.

»**Melonen im Teigmantel**«
Hierzu nimmt man eine Honigmelone und schneidet sie in handliche Stücke. Danach einen Teig zubereiten. Das kann ein Kartoffelteig sein oder auch etwas Süßes oder Blätterteig. Seid mal kreativ. Den Teig um die Honigmelone wickeln und im Ofen backen. Mit Zucker bestreuen und mit etwas Saft von Zitronen, Orangen oder Trauben beträufeln. Ein Genuss.

KNOBLAUCH – GEGEN WÜRMER UND VAMPIRE

Wer an Griechenland denkt, denkt an Tzatziki. Und wer an Tzaziki denkt, denkt an Knoblauch. Und in der Tat sind die Zehen dieser Knolle aus der griechischen Küche nicht wegzudenken. Ursprünglich soll sie aus den Steppengebieten Zentral- und Südasiens stammen. Wann sie weiter Richtung Europa gewandert ist, lässt sich nicht mehr genau nachvollziehen. Tatsache ist aber, dass sie sogar in Deutschland schon zu Zeiten der Sachsen bekannt war. – Seinerzeit lebte wohl auch der Knoblauchkönig, der in den Märchen der Gebrüder Grimm verewigt wurde. Als Nahrungs- und Heilmittel war der Knoblauch bereits im Altertum bekannt. Die Ägypter sollen sich beim Bauen der Pyramiden sogar geweigert haben, weiterzuarbeiten, wenn ihnen die tägliche Ration Knoblauch nicht zugeteilt wurde. Sie benutzen ihn nicht nur als Stärkungsmittel, sondern auch zur Vertreibung von Läusen und Darmparasiten. Andere antike Völker behaupteten sogar, er sei ein Aphrodisiakum. Viele Geschichten ranken sich um den Knoblauch. Odysseus schützte sich damit vor den Verführungskünsten der Circe. Und spätestens seit Graf Dracula wissen wir auch, wie wir uns damit vor Vampiren schützen können.

Der antike Grieche Pedanios Dioskurides wusste auch um die Heilkraft der Knolle und beschrieb ihre vielfältigen Einsatzmöglichkeiten schon recht früh in der Medizingeschichte.

Ein Gerstenkorn am Auge behandelt man in Deutschland mit Kamille. Hier in Griechenland wird es mit Knoblauch eingestrichen, so lernten wir von unserer alten Nachbarin. Hierzu den Knoblauch aufschneiden und mit der Schnittfläche auf das Gerstenkorn aufbringen. Bitte die Augen während der Prozedur geschlossen halten und vorsichtig sein. Und die Augen danach auch nicht öffnen, sondern direkt einschlafen. Am nächsten Morgen ist es schon besser. Nach drei Tagen ist das Gerstenkorn weg. Meine italienische Freundin nimmt dazu einen Ehering – jeder Ring, der von einem Priester geweiht wurde, kann benutzt werden. Mit diesem streicht sie über das Gerstenkorn und murmelt: »Raschid, Raschid va'tin, se no ti pung'«. Nach drei Tagen ist es weg. Aber vielleicht wäre es nach drei Tagen sowieso weg – offiziell besser ist natürlich immer die Sache mit dem Arzt und dem Apotheker.

Na also, dann mal in die Küche und in den Garten und gucken, was man aus Knoblauch alles machen kann. Hier haben wir schon ein paar Sachen, die dem Sohnemann so richtig gut schmecken. So richtige kleine Knoblauchbömbchen.

»Orangen-Mojo mit Kartöffelchen«

Dazu nimmt man kleine Kartoffeln, die man in der Schale kocht. Ich koche sie hier in »original« Meerwasser. Aber wir wohnen ja auch mehr oder weniger direkt am Strand. Mit Meerwasser gekocht haben sie schon einen besonderen Geschmack. Aber es geht auch, wenn man das Salzwasser zum Kochen so salzig macht, dass es beinahe wie Meerwasser ist. Das merkt man daran, dass die rohen Kartoffeln im Topf nicht mehr auf den Boden sinken. Sind die Kartoffeln gekocht, das Wasser abschütten und dann noch etwas auf der warmen Herdplatte nachdämpfen. Manchmal bilden sich dann kleine Salzkristalle an den Kartoffeln. Aber auch ohne Kristalle sind die Kartoffeln prima. Und dazu bereiten wir uns eine Orangen-Knoblauch-Sauce. Mit beinahe mehr Knoblauch als Orangen – aber das war ja diesmal Zweck der Übung.

Orangen-Mojo-Sauce: 1 Knoblauchknolle, ½ TL Salz, ½ TL Kumin, 1 TL grüner Pfeffer, etwas Petersilie, Schale von 2 Orangen, ½ grüne Paprikaschote. Die entsprechenden Zutaten kleinschneiden und dann zusammen mit den Gewürzen in einem Mixer zu einer Art Paste verarbeiten. Bei mir ist diese Paste immer recht flüssig. Und das war es auch schon. Zu den Kartoffeln servieren – schmeckt herrlich, vor allem in den Sonnenmonaten, und man braucht nicht einmal Fleisch dazu.

»Pasta mit Öl, Knoblauch und getrockneten Tomaten«
Noch so ein schönes, schnelles Gericht. Serviert wird es bei uns ebenfalls ganz ohne Fleisch und sonstigen Zutaten. Manchmal gibt es noch einen schönen bunten oder grünen gemischten Salat dazu. Hierzu kochen wir eine gehörige Portion Nudeln. Ich selbst nehme am liebsten Penne dazu, aber das ist Geschmackssache. Wie man die Nudeln »al dente« bekommt, ist ja inzwischen hinreichend bekannt. Und weichgekocht schmecken sie in diesem Fall wirklich nicht besonders. Während also die Nudeln kochen, macht man eine Sauce aus 3–4 Esslöffeln Olivenöl, 2–3 dünn geschnittenen Knoblauchzehen und ca. 6–8 gewürfelten getrockneten Tomaten. In einer Pfanne eben heiß werden lassen, so dass die Knoblauchscheibchen leicht anbräunen und die Tomaten nicht schwarz werden. Nudeln abgießen, die Sauce darüber und gut durchmengen.

»Skordaliá«
Das ist jetzt etwas richtig Griechisches mit richtig viel Knoblauch. Es gibt verschiedene Rezepte dazu, manche mit Brot und manche mit Kartoffeln. Meine Herren mögen die Version mit Kartoffeln am liebsten. Auch aus wirtschaftlicher Sicht ist das prima, denn so können wir immer noch die Kartoffeln vom Vortag schön aufbrauchen. Also: 100 g Kartoffeln, 1 Knoblauchzehe, Salz, Pfeffer und Olivenöl. Die Zutaten werden dann zusammen kleingedrückt und gut durchgerührt. Manche mögen die Skordaliá in dieser Konsistenz. Wir ziehen es vor, wenn sie anschließend noch in den Mixer kommt und richtig zu Brei verrührt wird. Übrigens: Zu Skordaliá schmecken gekochte rote Beete und Scampis, Tintenfisch und andere Meeresfrüchte.

JETZT ABER BLOSS NICHT FEIGE ...

Zwischen all unseren Orangen- und Zitronenbäumen thront sie. Die Eine. Die Paradiesische. Nicht die Mutige, sondern die Feige. Direkt am Wegesrand, bequem zum Pflücken. Ende Juli, Anfang August ist sie reif, die Frucht der Götter, die seit Anbeginn der Menschheit eine bedeutende Rolle gespielt hat. Adam und Eva hingen sich ein Feigenblatt um, als sie vom Apfel genascht hatten, und Judas soll sich an einem Feigenbaum erhängt haben.

Im antiken Griechenland war die Feige dem Gott Dionysos geweiht. Das war das Säuferle mit der guten Laune und dem Wein. Deshalb wurden Bilder des Gottes auch aus Feigenholz geschnitzt – auch die großen Phalli für die Dionysosprozessionen, deren größter beim Fest von Alexandria 271 v. Chr. 50 Meter lang gewesen sein soll und noch lange bei Historikern für verbale retrospektive Entrüstung gesorgt hat. Die Athener waren auf ihre Feigen so stolz, dass sie die Ausfuhr verboten. Sprachlich hatten sie die Feige mit dem Hoden gleichgesetzt. Und hier haben die Römer, die im Altertum ja eifrigst die Griechen kopierten, einen entscheidenden Fehler gemacht. Sie haben nämlich den Begriff Feige für ein anderes, weibliches Organ gebraucht. Ts, ts – wie konnte das denn passieren? Wer war denn der anatomisch Unkundige gewesen?

Noch heute ist in Italien die Geste »jemandem die Feige zeigen« weit verbreitet. Hierzu schiebt man den Daumen zwischen Zeige- und Mittelfinger und hält die Hand vor dem Opponenten triumphierend in die Höhe. Dass die mittlerweile auch bei deutschen Autofahrern beliebte Geste auf die Feige und König Barbarossa zurückgeht, weiß aber kaum noch jemand. Die Mailänder hatten seinerzeit dessen Gattin Beatrix mit dem Gesicht rückwärtsgewandt auf einer Eselin durch die Straßen geführt. Das fanden weder Barbarossa noch die holde

Gattin erbaulich und Barbarossa rächte sich, indem er nur die Mailänder begnadigte, die mit ihren Zähnen eine Feige aus dem After einer Eselin holen und wieder zurückstecken konnten. – Klingt nun wirklich nicht appetitlich, oder? Da könnt ihr mal sehen, was ihr mit euren Gesten so alles ausdrückt. Bah! Bah! – sag ich da nur.

In Griechenland ist diese Geste übrigens nicht üblich. Hier streckt man sich die ganze ausgebreitete Hand mit einem laut gerufenen »Maláka« entgegen. Die Bedeutung ist – wenn auch nicht wörtlich – die gleiche, hat aber nichts mit der Feige zu tun.

Augustinus machte über die sinnliche Bedeutung der Feige einmal folgenden Kommentar: »Ficus foliis significantur pruritus libidinis.« – Feigenblätter bedeuten das Jucken der Sinnlichkeit. Auch die antiken Griechen waren von der aphrodisierenden Wirkung der Feige überzeugt. Mein neuzeitlicher Grieche auch, als er beobachtete, wie ich selbige genüsslich frisch gepflückt zum Frühstück verzehrte. Seitdem gibt es ab Ende Juli bei uns immer Feige zum Frühstück. Und er schält sie und füttert mich damit. Besteht er drauf.

Sie ist ja auch nicht nur eine kulturell bedeutsame Pflanze, sondern hat zudem, wie beinahe alles, was aus der Natur kommt, auch noch heilende Wirkungen. Sie ist zum Beispiel antibakteriell, wirkt gegen Verstopfung, ist wurmtreibend, erfolgreich gegen Skorbut und Hämorrhoiden, Leberschwäche und, äußerlich angewendet, gegen Geschwüre und Hautausschläge. Getrocknet kann man sie dem sonst etwas streng schmeckenden Hustentee beimischen, der dadurch etwas süßer wird und angenehmer zu trinken ist. – Bitte nie ganz allein auf die Wirkung der Feige vertrauen. Fragen Sie auch immer ihren Arzt oder Apotheker.

Viele Dinge kann man mit und aus Feigen machen. Frisch können sie geschält oder ungeschält genossen werden. Ich persönliche ziehe geschält vor. Sie sind prima im Obstsalat, als Dekoration, als Beigabe zu Käse. Man kann sie zu Saft verarbeiten oder Wein daraus herstellen. Ich mache sehr zur Freude unseres holländischen Feriengastes oft

Feigenmarmelade, die dieser dann kiloweise und in ausreichender Menge für den Eigenverbrauch im Folgejahr nach Holland importiert.

So, und jetzt gehe ich raus und hole mir eine Feige. Nein, nicht wegen der Peristaltik. Wegen der Erotik.

»Feigenmarmelade«

... ist einfach. Gelierzucker und Feigen und ggf. Zucker mischen. Die genaue Mengenangabe dazu steht auf der Packung des Gelierzuckers. Den Saft von einer oder zwei Zitronen dazu. Mit einer Gabel oder dem Kartoffelstampfer kleindrücken. Laut Packungsanweisung kochen und in Gläser füllen. Ich habe verschiedene Rezepte ausprobiert, mit Walnusskernen, mit Pistazien, mit Orangen oder noch exotischere Varianten. Am besten schmeckt sie immer noch, wenn nur das drin ist, was laut Aufschrift drin sein sollte: Feigen.

»Marmelade allgemein«

Auf die gleiche Art und Weise verarbeite ich meist alle Restfrüchte bunt gemischt zu den kuriosesten Fruchtmarmeladen. Sie sind immer »One-of-a-kind« – ich bekomme sie nie wieder in genau derselben Zusammensetzung hin. Das macht aber meinen Herren weniger aus. Gegessen werden sie alle und man schwört, dass sie besser, frischer und geschmacksintensiver sind als alle gekauften. Wenn ich ganz viel Zeit und Lust habe und sicher sein will, dass nun wirklich keine »E's«, »...ame« und »...ate» drin sind, dann nehme ich Zucker und Frucht zu gleichen Teilen, füge 1–2 Apfelschalen wegen des Pektins hinzu und koche das Ganze so lange, bis es fest wird. So hat es Oma schließlich auch gemacht, als es noch keinen Gelierzucker gab. Die Apfelschalen schmeckt man übrigens nicht. Bei Feigen ist die Apfelschale nicht einmal nötig, da Feigen von sich aus schon viel Pektin enthalten.

»Gebackene Waffeln mit Feigen-Ricotta-Creme«

Handelsübliche Ricottacreme mit etwas Sahne oder Milch mixen; sie sollte dabei nicht zu flüssig werden, sondern in etwa die Konsistenz einer Quarkspeise bekommen. Wir mischen nun noch ein bisschen Honig (oder sehr lecker ist auch Ahornsirup) unter – aber nicht zu viel, da Feigen selbst schon recht süß sind. Dann circa 10 geschälte Feigen mit der Gabel kleindrücken und mit dem Handrührgerät unter die Creme rühren. Die Feigen-Ricotta-Creme gibt es kalt auf frischgebackene Waffeln. Hhhm! Das schmeckt wie Aphrodisiaka ... – hallo, hallo, meine Damen! – das ist keine Garantie. Da muss schon noch mehr dazu getan werden!

Übrigens, hier noch schnell das Rezept für die Waffeln, damit man es nicht noch extra heraussuchen muss. Die Mengenangaben reichen für eine 4- bis 6-köpfige Familie und den obligatorischen Teller für die Nachbarn. Gebacken wird im Waffeleisen.

»Belgische Gouffre – auf Deutsch sind es Waffeln«

300 g Butter, 275 g Zucker, 9 Eier, 525 g Mehl, 525 ml Milch, 4 ½ TL Backpulver und 1-2 Tüten Vanillezucker.

Butter, Eier, Zucker und Vanillezucker schaumig schlagen. Backpulver dazu. Dann Mehl und Milch abwechseln hineinrühren. Der fertige Teig hängt ein bisschen am Löffel, bevor er herunterfällt. Waffeleisen aufheizen und los geht's. Je länger sie im Eisen bleiben, um so schwärzer werden sie.

»Hühnerbrüstchen im Ofen mit Feigen und Orangensauce«

Bei Hühnerbrüstchen plane ich für gewöhnlich pro Person jeweils eins. Das folgende Rezept ist für 2 Personen gerechnet.

Saft und Schale einer Orange, 1 Zimtstange, 6 geviertelte Feigen, Olivenöl, Oregano, Salz und Pfeffer mischen und das Hühnerfleisch darin marinieren. Ich nehme dafür schon die Glasschale, mit der es später in den Ofen kann und lasse es für gewöhnlich über Tag im

Kühlschrank stehen. Falls das mit dem Marinieren mal nicht hinhaut wegen Zeitproblemen, macht das auch nichts. Dann eben alles zusammenmischen und in einen Topf geben und sofort loslegen. Ofen auf 220 Grad vorheizen. Den Topf in den Ofen schieben und ungefähr 45 Minuten backen lassen. Am Anfang etwas Alufolie oder einen Deckel auf den Topf, damit das Fleisch nicht zu kross wird. Wenn es gar ist, aus dem Ofen nehmen und mit kleinen gekochten Kartöffelchen servieren, die man nochmal kurz in der Pfanne anbrät.

»Feigenkuchen«

8–10 Feigen, 250 g Mandeln, Saft von 1 Orange, 100 g Mehl, 130 g brauner Zucker, 60 g Butter, 1 Eigelb, 1 Eiweiß, 1 Schnapsglas Cognac, Honig.

Mandeln klein raspeln und mit Zucker mengen, Eigelb und Orangensaft hinzugeben, Mehl, Butter und zum Schluss den Cognac. Form einfetten und ausmehlen (am besten eine flache, eckige Auflaufform aus Metall nehmen). 2 Feigen klein pürieren und unter den Teig heben. Den Teig in die Form füllen und glatt streichen, die übrigen Feigen vierteln und darauf verteilen. Bei 180 Grad ungefähr 40–45 Minuten backen. Nach dem Backen mit Honig bestreichen.

»Feigen-Crumble«

... wird warm direkt aus dem Ofen mit Sahne oder Vanillesauce serviert.

500 g Feigen schälen und zurdrücken, dann in eine Form geben. 200 g Mehl, 100 g Zucker, 100 g Butter, 1 Päckchen Vanillezucker, 1 Prise Salz und 1 Eigelb zu Streuseln kneten und darüber streuen. Bei 200 Grad ungefähr 30 Minuten backen. Schmeckt auch wunderbar mit Äpfeln, Waldbeeren oder Rhabarber.

VIAGRA – IM LAND, WO MILCH UND HONIG FLIESSEN

Als mein Papa seinerzeit in Rente ging, hat er sich auf einen Schlag Tausende von Haustieren gekauft und sie alle in ein paar Kästen in ein eigens dafür errichtetes Haus gestopft, das im Wald über dem Kuhstall meines Cousins thronte – er war Imker geworden. Schon seinerzeit war ich recht geschlagen mit einer Allergie gegen alles, was sticht. Nicht nur, dass es ein Bläschen gibt, das etwas juckt. Das ist bei allen anderen so. Nein, bei mir gibt es eine gewaltige Blase und es juckt wie Hulle – so dass ich meistens am Ende des Mückensommers mit verbeulten, aufgekratzten, blaufleckigen Beinen rumrenne. Ich habe schon alles probiert. Es hilft nicht. Könnt ihr euch vorstellen, wie es aussieht, wenn mich eine Biene sticht? Ich entwickele für gewöhnlich eine Blase, als hätte man mir ein Straußenei unter die Haut implantiert.

Trotz aller Versuche meines Vaters, mich mit Hilfe regelmäßigen Honiggenusses von dieser Allergie zu befreien, leide ich heute noch darunter und setze mich an lauen Sommerabenden zwar nur in leichter, aber vollständiger Bekleidung ins Freie. Der Schlafzimmerkamin wird mit Papier verstopft, damit sich nachts keine Stechbiester ins Schlafzimmer einschleichen können. Wir haben halbe Zitronen gespickt mit Nelken im ganzen Haus verstreut und schlafen unter gigantischen Mosquitonetzen. Trotzdem bekomme ich von meiner besseren Hälfte spätestens Mitte Juli, mitunter mehrfach täglich, kopfschüttelnd das zweifelhafte Kompliment, dass meine Beine wie Mondkrater aussähen. Glücklicherweise sehen nur meine Beine so aus. Was aber nicht heißt, dass ich in adäquater Häufigkeit ein Kompliment für die restlichen Teile meines Körpers erhielte. Wieso die Biester nur an den Beinen stechen, begreife ich sowieso nicht. Und wieso die bessere Hälfte immer dahin guckt und nicht auf meine anderen, schöneren

Teile, ist mir auch ein Rätsel. Siehste – so ist das mit mir. Schon bin ich wieder geschweift – weit vom Thema ab. Denn eigentlich wollte ich euch diese Geschichte erzählen:

Es war in den ersten Tagen meiner Griechenlandreisen, kurz nachdem ich Boss kennengelernt hatte und in der Phase war, herausfinden zu wollen: Bin ich denn nun verliebt oder bin ich es nicht. Was mit Mitte Vierzig eine Frage ist, die man sich höchst zweifelnd stellt. Denn den Schmetterlingen im Bauch vertraut man nicht so recht und Frau hatte die Tatsache akzeptiert, dass man eher vom Bus überfahren wird als von einem Mann.

Wir hatten uns eins unserer geschätzten Wochenenden auf dem Land gegönnt und waren am Samstagmorgen zum Wochenmarkt aufgebrochen. Für so eine Nordeuropäerin, die zudem ihre Tage mit Brille über den Computer gebeugt verbringt, hat ein mediterraner Wochenmarkt mit all seinen Gerüchen, Früchten und Farben eine ganz besondere Anziehungskraft.

Diesmal zog uns auch der Stand mit den Honiggläsern an. Nicht nur, weil die Imker gewöhnlich auch Thymian und diesen herrlich riechenden und schmeckenden Bergtee verkaufen, sondern insbesondere, weil wir einfach nur Honig wollten. Boss isst den nämlich täglich zum Frühstück und das Glas zu Hause war leer.

Staunend betrachte ich die Auslage. Was war das denn? Da standen Gläser mit Honig, in die geknackte Walnüsse – ohne Schale natürlich – eingelegt waren. Das hatte ich noch nicht gesehen. Frage an Boss. Der zuckte auch die Schultern. Der eifrige Geschäftsmann jedoch auf der anderen Seite des Tisches – dem wohl im griechischen Dorf auf dem Lande auch nicht allzu viele Ausländisch sprechende, identifizierbar über fünfzigjährige, händchenhaltende und sich dumm verliebt Angrinsende begegnen, die auf dem Wochenmarkt die Honigauslage betrachten – packte eines dieser Gläser, hielt es triumphierend in die Höhe wie Poseidon seinen Dreizack und posaunte lautstark: »Greek Viagra!«

Wir müssen zunächst sehr verblüfft ausgesehen haben. Und danach, denke ich, haben sich wohl meine Wangen leicht gerötet und ich blickte verschämt zu Boden. Boss hüstelte verlegen und gab dann dem Honighändler eine vermutlich recht diplomatisch nichtssagende Antwort. In Griechisch. Jedenfalls haben wir an dem Tag nur ein normales Glas Honig gekauft.

Später habe ich dann herausgefunden, dass es sich bei dieser Nuss-Honig-Mischung um eine kretische Spezialität handelt, die ausgezeichnet als kleiner Klacks auf einem mittelgroßen Klacks griechischen 10%-Joghurts schmeckt. Ein erstklassiges Dessert – jedem zu empfehlen. Eine viagrale Wirkung habe ich bis jetzt noch nicht festgestellt – aber merken kann man sich das ja trotzdem mal.

Na, noch einen kleinen Ausflug zum Thema Honig? Eigentlich nicht nötig? – Trotzdem, jetzt habt ihr angefangen zu lesen und jetzt drücke ich euch auch die Informationen auf, von denen ich denke, dass sie jeder über Honig haben sollte.

Zweifellos waren es die Griechen, die die Bienenzucht kultivierten. Kann man nachlesen. Bei alten griechischen Dichtern – und bei den römischen, die später neben allem anderen auch die Bienenzucht kopiert haben. Insbesondere Attika war der Biene und dem Honig verfallen, so sehr, dass Solon – seinerzeit so eine Art Bürgermeister von Athen – den Befehl erteilte, dass Bienenkörbe auf mindestens 300 Fuß Abstand aufzustellen seien, damit endlich die Streiterei aufhörte, wem denn jetzt welcher Honig gehöre.

Also war dann hier das Land, wo Milch und Honig fließen? Keiner scheint's so ganz genau zu wissen und viele orientieren sich hinsichtlich dieser Frage an der Bibel. Ich persönlich bin der Meinung, es war in Kreta. Lange vor der Zeit, als die Ägypter den Honig als Zahlungsmittel verwendeten – ein Glas Honig war so viel wert wie ein Esel –, zu Anbeginn der griechischen Götterdämmerung also, wurde in Kreta der Donnerer Zeus geboren und von Nymphen mit Milch und Honig aufgezogen. Bei späteren Dichtern lesen wir, dass es Aristeos war, ein

Sohn von Apollon, der einst den Griechen die Bienenzucht erklärte. Er wurde übrigens unsterblich, weil er ebenfalls mit Ambrosia gefüttert worden war, das die Götter zusammen mit Nektar als ihre Leibspeise führten.

Seit der erste Steinzeitmensch seinerzeit das lebende Vorbild vom Teddybär dabei beobachtete, wie dieser den Bienchen den Honig aus dem Astloch stahl, kennt der Mensch den Honig. Eigentlich machen die Bienen den ja für sich selbst – und nicht als Verkaufsschlager. Ich fand es von meinen Vater immer sehr unfair, den Bienen den guten Honig zu klauen, und ihnen dafür billiges Zuckerwasser unterzujubeln. Aber so sind sie, die Zweibeiner – keinen Respekt vor dem fleißigen, kleinen Bienchen, das bis zu 60.000 Mal losfliegen muss, um ein Kilo Honig zu sammeln.

Aus Deutschland kennt man heiße Milch mit Honig oder heiße Zitrone mit Honig und viele machen sich einen Löffel voll Honig in den Tee statt Zucker – in der irrigen Annahme, dass das gesünder sei als Zucker. Nun, dann mal herhören! Den Honig bitte nicht über 40 Grad erwärmen. Dann gehen nämlich alle guten Ingredienzien im Honig flöten, sagte mein Vater. Honig genießt man kalt: aufs Brot, auf Joghurt – und gegen Erkältungen. Eine Freundin sagte mir sogar einmal, dass Honig toxisch würde, wenn man ihn zu sehr erhitzt. Ob das wahr ist, weiß ich nicht. Aber die Wissenschaft war sich mit meinem Vater zumindest darin einig, dass Hitze die antibakterielle Wirkung des Honigs zerstört.

Übrigens, unsere gesamte Familie schwört auf Honig. Schon die Oma hat jeden Tag zwei Teelöffel davon aus dem Töpfchen genascht. Und so hat es auch die Mama gemacht – und beide sind gesund und rüstig alt geworden. Ich werde das auch so machen. Ab und zu noch ein Kürchen Gelee Royal dazu – und dann der Pensionskasse ein Schnippchen geschlagen!

Honig steht nicht in der Liste der offiziellen Heilmittel. Trotzdem ist die Wirkung von Honig unbestritten. Er wirkt antiseptisch, weshalb er in die Wundheilung Eingang gefunden hat. Er wirkt antibakteriell, weshalb er gegen Erkältungen geschluckt werden kann. Kanadier haben herausgefunden, dass er sehr gut gegen Sinusitis hilft, also Nasenebenhöhlenentzündung. Er ist leicht entzündungshemmend, so dass Schwellungen zurückgehen – außer die Biene hat sie mir beigebracht, dann funktioniert das nicht. Aber Vorsicht, das alles bitte nicht einfach ohne professionelle Rücksprache ausprobieren. Und bitte keinesfalls Honig an Säuglinge unter 1–1 ½ Jahren verfüttern – sie können ihn nämlich noch nicht verdauen und können dann wirklich richtig krank davon werden.

Interessant ist auch, dass bei Qualitätsuntersuchungen von Honig, bei denen man überprüft, welche Pollen enthalten sind, herausgefunden wurde, dass Bienen nichts von genetisch veränderten Pflanzen sammeln. Zufall? Wer weiß das schon. Bei der von mir gelesenen Untersuchung war das so. Vielleicht weiß die Biene ja doch besser, was sie tut, als wir denken. Und wenn's stimmt? Dann wird man wohl in Kürze auch gentechnisch veränderte Bienchen machen müssen, die die gentechnisch veränderten Pflänzchen gentechnisch verändert bestäuben. Oder brauchen sie das dann gar nicht mehr?

Es gibt sehr viele Honigarten. Blütenhonig, Pinienhonig und Thymianhonig sind hier in Griechenland sehr geschätzt und bekannt, Waldhonig und Rapshonig in Deutschland. Aber habt ihr schon mal etwas vom Moltebeerhonig – Hillasuonhunaja – aus Lappland gehört? Das ist eine der seltensten Honigarten der Welt. Probier ich aus – sobald ich mal auf Nordlandtour gehe. Oder tasmanischen Lederholzhonig aus Australien – den schleckte schon der tasmanische Säbelzahntiger. Rund ums Schwarze Meer gibt es allerdings auch eine richtig giftige Honigsorte. Schon die antiken Griechen wussten, dass man den pontischen Honig, den die Bienchen vorwiegend an der pontischen Azalee gesammelt haben, besser meidet, sonst kann einem das übel bekommen oder man kann gar anfangen zu halluzinieren. Na, doch was gelesen, was ihr noch nicht wusstet. Siehste – ich auch.

Honig ist auch ideal zur Herstellung von Getränken. Ich nehme ihn für die sommerliche Zitronenlimonade, andere nehmen ihn eher für die Produktion von Schnaps. Da kriegt man doch gleich gern eine Erkältung. Mein Vater war in der Familie bekannt für seinen hausgemachten Honiglikör aus der kalten Heimat, wie meine Mutter das nannte. Hier das Rezept, auch wenn es gänzlich ungriechisch und sehr ostpreußisch ist.

»Bärenfang«

Hier in Griechenland nehme ich normalen Blütenhonig dazu. Stark aromatisierter Honig wie der griechische Thymianhonig schmecken nach meinem Gefühl nicht. Also man nehme (oder borge, würde der Schotte sagen): ½ kg Honig, ¼ Liter Wasser, 1 Liter Branntwein oder Weinbrand. Wasser und Honig erwärmen (Vorsicht: immer schön warm lassen; zu viel Hitze zerstört den Honig – er löst sich auch ohne kochen auf). Danach das Honigwasser in eine größere Flasche oder Karaffe geben. Mit dem Alkohol auffüllen und sanft schütteln, bis sich beide Flüssigkeiten vermischt haben. Flasche verschließen und kühl stehenlassen. Nach ungefähr 2 Monaten ist der Bärenfang zur Weiterverarbeitung klar. Einmal durch ein Kaffeefilterpapier oder ein Tuch abfiltern. Dann wieder in eine Flasche füllen. Eigentlich ist er jetzt fertig – aber Bären lassen sich leichter erlegen und hinterlassen nicht so einen Kater, wenn man ihn noch ein wenig länger kühl aufbewahrt.

Übrigens: Ist oder bleibt der Likör trübe, ist das kein Zeichen, dass es ihm schlecht geht. Es ist einfach ein Zeichen, dass es sich um ein wohlschmeckendes, selbstgemachtes Likörchen handelt. Schnapsmachen ist einfach, oder?

»Fisch in Honig-Orangen-Sauce«

Ich gehe ja so gut wie nie angeln – eigentlich überhaupt nicht. Ich finde das so schade für die Fische, die ich mit diesem Haken austrickse. Das ist irgendwie nicht fair. Aber Fisch esse ich zwischendurch schon ganz gern. Meistens hole ich mir dann einen Meeresfisch. Der hat nicht so viele Gräten zwischendrin, mit der einen großen Gräte in der Mitte ist es häufig erledigt. Dann sitzt man auch nicht immer mit den Fingern vorm Mund am Tisch – oder, noch schlimmer, wühlt darin herum, um die Gräte zwischen den Zähnen wieder rauszupopeln. »Du musst das Fischfleisch erst langsam zwischen den Schneidezähnen kauen«, riet meine Freundin meinem Sohnemann und saß dann gemeinsam mit ihm mümmelnd am Tisch.

Und so wird's gemacht: Fisch in der Pfanne braten – dazu braucht man ja keine besondere Anleitung mehr. Zum Schluss, wenn er beinahe fertig ist, noch etwas salzen und mit groben Pfefferkörnern bestreuen, den Fisch herausnehmen, ein wenig Honig in die Pfanne geben und mit Orangensaft ablöschen. Mit Reis und Salat ein Genuss.

 **»Joghurt mit Honig und ...«**
10%igen griechischen Joghurt auf einen Teller geben. Flüssigen Honig darüber verteilen. Und jetzt kann man garnieren: mit Früchten wie Granatapfel, Lotus, Apfel, Birne, Pfirsich, Erdbeere, wie es einem schmeckt. Wer keinen kretischen Walnusskernhonig hat, kann einfach ein paar Walnusskerne über den Joghurt geben. Wer schlecht griechischen Joghurt bekommt, kann türkischen probieren oder aber einfach eine Mischung aus Sahne und Quark machen. Dann schmeckt es auch.

KEIN TAG OHNE – OHNE DIE ZITRONE

Jedes Pflänzchen hat der Schöpfer wachsen lassen, um der fleischlichen Welt damit ein Mittelchen an die Hand zu geben – als Nahrung, als Medizin, als Helfer. Bei der Zitrone muss er sich etwas ganz Besonderes gedacht haben. Das ist nun wirklich ein Universalmittelchen für und gegen alles und jedes. Egal, ob wir Durst haben, einen Fleck in der Hose, etwas geputzt werden muss, wir schwitzen, es stinkt oder wir noch eben vor der Party die Falten auffrischen wollen: »Geh mal raus und hol 'ne Zitrone!« Es hängen ja Hunderte von ihnen draußen im Garten. Selbst im tiefsten Sommer findet man immer noch welche am Baum, die zu gebrauchen sind.

Bei uns kommt die Zitrone aus dem Garten, bei Euch aus dem Supermarkt. Herkommen tut sie aber ursprünglich vermutlich aus dem Norden Indiens. Keiner weiß das so genau. Sie soll aus einer Kreuzung von Bitterorangen und Zitronatzitrone entstanden sein. Da war wohl ein sehr kreatives Bienchen unterwegs gewesen im alten Indien. Sicher ist jedenfalls, dass es die Zitrone so rund ums Jahr 1000 schon gab. Den Namen »Laimun« haben ihr die Araber gegeben und wir haben daraus die Zitrone gemacht. Übrigens, der Zitronenbaum ist immergrün, blüht rund um Ostern am meisten und hat seine reifen Früchte im Winter.

Mein erster Besuch in Griechenland seinerzeit fand im Sommer statt, wenn die Zitronen wie grüne Äpfel an den Bäumen hängen. Nach meinem nordischen Verständnis waren sie somit grün, nicht reif und noch nicht genießbar. Deshalb teilte ich meiner besseren Hälfte auf dem Markt damals auch mit, dass die Zitronen zu Hause alle wären und wir noch welche mitnehmen müssten. Er war schließlich derjenige, der immer eine aufgeschnittene Zitrone wie das Brot zum Essen brauchte. Ein seitlicher Blick aus erstaunten Augen traf auf meine angeborene Unwissenheit. »Schatz, wir haben eine Zitronenfarm«. Draußen auf den Bäumen seien doch wohl genug? »Ja – aber die sind doch noch grün!« – Der Lacher des Tages. Typisch deutsch. Typisch aus dem hohen Norden. Zitronen müssen nicht gelb sein, wenn man sie essen will. Sie können auch grün sein. Dann sind sie zwar etwas weniger saftig und noch saurer, aber eben durchaus gebrauchsfähig. Ich hörte und staunte.

Später im Jahr lernte ich dann, dass Zitronen so wie anderes Obst, das den hohen Norden frisch erreichen soll, grün gepflückt werden. »Und reifen sie dann nach?« Ein erstauntes Kopfschütteln. Nein, natürlich nicht. Zitrusfrüchte reifen nicht nach. Und? Preisfrage? Wie werden die dann gelb? Ich gehe doch recht in der Annahme, dass sie nicht gestrichen werden. Zitronen müssen wie Zigeuner einmal übers Feuer springen, um »reif« zu werden. Es gibt im Dorf eine Anlage, wo jeder Zitronenbaumbesitzer seine Früchte anliefern kann. Dort glüht und brennt ein Feuer unter einer Art Rost. Auf der einen Seite kommen die grünen Früchte rein – auf der anderen Seite die gelben wieder raus. Nicht, dass das geschmacklich einen Unterschied macht. Aber wenn die im Norden die Dinger nun mal gelb wollen, dann werden sie eben gelb gebacken. Natürlich werden sie auch von Natur aus gelb, wenn sie richtig lange an ihren Bäumen hängen bleiben dürfen und viel Sonne bekommen – das finden sie süß, dann werden sie auch nicht so sauer.

Bei Orangen und Grapefruits ist das übrigens genauso. Aber die haben wir nicht en masse. Davon gibt es bei uns nur für den Eigenbedarf – und für gute Freunde aus Deutschland, die dafür einen extra Koffer mitbringen. Und da stehen noch ein paar ganz spezielle Bäumchen. Sie stehen in der Nähe des Hauses und haben Äste für Orangen, Zitronen und Grapefruit. Das iss 'n Ding. Fand ich ausgesprochen interessant. Mendel hätte hier seine Vererbungsgesetze glatt noch einmal erfunden. Ist aber gar nicht genetisch, sondern getürktisch. Hier hat keiner mit der DNA gespielt, sondern mit den Ästen. Auf eine

Bitterorange sind Äste von Grapefruits, Orangen und Zitronen veredelt worden. Sie wachsen dann darauf weiter und bilden so einen dreiteiligen Zitrusfruchtbaum für Faule, an dem man alle Arten gleichzeitig pflücken kann. Allerdings habe ich außer bei uns nicht viele von dieser Sorte gesehen. Ist eben der Ideenreichtum meiner besseren Hälfte – boys und toys.

Zitronen brauchen zum Wachsen ganz bestimmte klimatische Gegebenheiten und wachsen nicht einfach überall, wo es warm ist. Auf den Peloponnes ist das Wetter für sie hervorragend und sie können sich richtig entfalten. Sie verlangen ein gleichmäßig warmes und feuchtes Klima, sie sind gegen Trockenheit und Kälte empfindlicher als andere kommerziell genutzte Zitrusfrüchte. Wer also versucht, aus einem Kern ein Zitronenbäumchen zu ziehen, stellt das Ding dann am besten ins ständig leicht beheizte Bad. Da sind die Chancen am größten, dass es ein wirklich schickes Bäumchen wird.

Pflücken ist übrigens auch eine Arbeit für Dornenliebhaber. Zitronenbäume haben nämlich Dornen. Und was für eklige. Richtig stachelige Biester sind die Bäume. Drin hochklettern oder so – auf den Gedanken kommt keiner. Die Früchte werden schön von draußen gepflückt oder mit einer Pflückstange heruntergerissen und dann aufgesammelt. Wir haben hier Glück – auf der Farm werden keine chemischen Mittel gebraucht, so dass wir die Zitronen mit all ihren Einzelteilen genießen können. Wer in nördlicheren Gefilden lebt und dieses Multitalent importiert, sollte entweder geprüft biologische Ware verwenden oder aber die Schale nicht mitverwenden. Auch Früchte, die als ungespritzt verkauft werden, dürfen zur Konservierung mit Mittelchen nachbehandelt werden. Also entweder richtig biologisch oder weg mit der Schale.

So, und was kann man mit Zitronen nun eigentlich alles tun? Da gibt es eine unglaubliche Vielzahl an Möglichkeiten, selbst wenn man nicht an Skorbut leidet. Übrigens, all diese Hausmittelchen sind ohne Gewähr – und sollten keinesfalls als das allein Seligmachende betrachtet werden. Wenn man krank ist oder sich fühlt, ist der richtige Gang noch immer der zum Arzt oder Apotheker.

Tipp: Die Zitrone vor dem Auspressen auf dem Tisch ein wenig hin und her rollen. So kann man mehr Saft herausholen. Wenn man nur wenige Tropfen braucht, die Zitrone nicht gleich aufschneiden. Mit einen Zahnstocher oder einer Sticknadel anbohren und drücken: An der Nadel laufen jetzt die Tropfen herunter, die man eben schnell benötigt. Danach kann die Zitrone weiter aufbewahrt werden.

Husten, Fieber, Heiserkeit – oder noch was anderes?

Die Zitrone ist Medizin, von der Natur gegeben, um uns über die tropfenden Nasen von Erkältungen hinwegzuhelfen. Dazu presse man die Zitrone aus und fülle den Saft der Vitamin-C-Bombe mit Wasser auf. Aber Achtung! Kein kochendes Wasser verwenden. Das killt nämlich das Vitamin sofort ab. Heiß darf es schon sein. Trinktemperatur eben. Manche schwören darauf, noch Honig hineinzutun. Ich nicht. Nach alter orientalischer Überlieferung ist Honig nur gut, wenn er kalt genossen wird. Also machen wir hier die heiße Zitrone einfach mit klassischem Zucker.

- Wer richtig unter einem grippalen Infekt leidet, kann die ärztliche Hilfe auch noch mit einem Zitronendampfbad unterstützen. Ungefähr einen Liter frisch abgekochtes Wasser, Saft von einer Zitrone hinein, dazu Kräuter nach Wunsch, zum Beispiel Minze, Kamille, Rosmarin, Salbei. Alles in eine Schüssel geben. Davorsetzen, Handtuch über den Kopf und dann den schweißtreibenden Dampf einatmen. Tut sehr wohl – übrigens nicht nur dem Schnupfen, sondern auch der Gesichtshaut.
- Die ausgepressten halben Schalen von der Zitrone werfen wir auch erst weg, nachdem wir unsere Ellenbogen ausgiebig da drin gerubbelt haben. Hilft nämlich gegen rissige Haut und macht sie

schön zart. Dann kann man sie bei der nächsten Schnäppchenjagd im Kaufhaus auch gleich wieder viel besser einsetzen.
- Zunge verbrannt? Ein paar Tropfen Zitronensaft lindern den Schmerz.
- Zitronenscheiben auf die Schläfen gelegt helfen unterstützend bei leichtem Fieber.
- Verdünnten Zitronensaft trinken erfrischt bei Fieber.
- ¼ Liter Wasser, ¼ Liter Milch, ⅛ Liter Weißwein, 250 g Zucker und 6 Esslöffel Zitronensaft – diese Kombination kurz aufkochen und warm verabreichen. Trägt ebenfalls zur Linderung von Fieber bei.
- Gräte verschluckt? Zitronensaft trinken. Das macht die Gräte weich. Anschließend noch etwas Brot oder Kartoffel essen.
- Hühneraugen sind unangenehm und eklig. Über Nacht mit einer Zitronenscheibe bedecken. So lange wiederholen, bis man das Ding herausholen kann.
- Mückenstiche jucken weniger und heilen schneller, wenn man sie mit Zitronensaft betupft.
- Zum Vertreiben von Mitessern reibt man sie abends mit Zitronensaft ein und rubbelt kräftig mit einem Frotteehandtuch ab.
- Gegen leichtes Nasenbluten hilft das Einziehen von Zitronensaft in die Nase, habe ich mir sagen lassen. Aber das habe ich nicht ausprobiert. Allein der Gedanke!

Zitronenabfall? – Gibt es nicht!
- Zitronenschalen oder ausgedrückte Zitronenhälften auf die Heizung legen. Das verbreitet einen angenehmen Geruch im Haus. Fast schon so wie nach dem Putzen mit dem Meister.
- Zitronenschalen oder ausgedrückte Zitronenhälften schön knochentrocken trocknen lassen, dann kann man sie prima zusammen mit etwas Zeitungspapier zum Anzünden von Ofen und Grill benutzen. Spart den Grillanzünder und riecht auch noch besser.

- Stinkt es dem Geschirrspüler mit der ganzen Wascherei? Zitronenschalen in den Besteckkorb legen und mitwaschen. Geht übrigens nur einmal – danach muss man wieder frische Schalen nehmen. Aber wer wie wir immer irgendwie Zitronen benutzt, hat ja genug.
- Das weiße Innere der Zitronenschale ist ein idealer Reiniger für Küchenmöbel. Einfach die Oberflächen damit abreiben. Zitrussauber sozusagen.

Vom Fleck weg?
- Wie man am besten einen Fleck aus der Wäsche bekommt? Mein Vater empfahl für diesen Zweck eine Schere. Hundertprozentige Garantie, dass der Fleck hinterher auch wirklich raus ist. Wer nicht zu so radikalen Mitteln greifen will, kann es ja erst mal mit Zitrone versuchen, zum Beispiel bei Rostflecken. Den Saft von 1 Zitrone mit etwa gleicher Menge Salz vermischen und auf den Fleck reiben, ungefähr 1 Stunde einwirken lassen, mit Wasser ausspülen und anschließend in die Wäsche geben. Für leichte Rostflecken kann es oft schon ausreichen, sie mit etwas Zitronensaft zu reiben, trocknen zu lassen und dann mit dem heißen Bügeleisen drüber zu gehen. Selbst in Leder eingefressene Flecken kann man probehalber mittels Zitronensaft zum Aufgeben bewegen.
- Wäsche wird wieder schön und fleckfrei, wenn einige Scheiben Zitrone in der Waschmaschine mitgewaschen werden.

Ist ja putzig!
- So eine Zitrone, die kann putzen. Da blinkt die Stube. Badezimmerarmaturen, zum Beispiel trübe und angelaufene Gläser und sogar Messing – einfach mit einem Stück Zitrone einreiben, einwirken lassen und mit einem trockenen Tuch nachputzen. Für frischere und kleinere Ablagerungen am Becken- und Wannenrand

ist sie ebenfalls zu empfehlen – in diesem Fall mit ein wenig Essig mischen.
- Aufkleberreste, weil der Junior das Poster an der Zimmertür nicht mehr schick findet – fand ich ja selbst noch nie schick, aber jetzt haben wir dafür nur noch die pappigen Reste vom Kleber. Na, dann einfach mit Zitronensaft einreiben, einwirken lassen und abreiben.
- Holzbrettchen werden wieder sauber und geruchsfrei, wenn man sie erst mit Zitrone abreibt, dann Zahncreme aufträgt, alles einwirken lässt und danach abspült.
- Marmorplatten lassen sich mit einer Zitronenschale, auf die etwas Salz gestreut wurde, reinigen.
- Zitronensaft ist ein Mittelchen, das man immer noch probieren kann, wenn man mit seinem Reinigungsideenreichtum anderweitig am Ende ist.

Wer ist die Schönste im ganzen Land?

Na die, die sich auf die Kraft der Zitrone verlässt natürlich. Und was auch wichtig ist, Zitronenprinzesschen, du riechst einfach herrlich frisch.
- Stinken die Finger nach Knoblauch oder Fisch? Einfach mit Zitrone abreiben und schon riecht's wieder fein.
- Rote Finger von den roten Beeten – Zitronensaft hilft.
- Altersflecken verblassen, wenn sie regelmäßig mit Zitrone eingerieben werden.
- Ausgepresste Zitronenhälften im Badewasser machen das Wasser weich und die Haut auch.
- Das Weiße der Zitronenschale direkt auf die Haut gerieben, macht diese geschmeidig.
- Zitronensaft, Eigelb, etwas Milch und Sahne verquirlt gibt eine tolle Gesichtsmaske gegen Falten. 20 Minuten einwirken lassen.

- Nach der Katzenwäsche eben schnell das Gesicht mit Zitrone abreiben – das macht frisch und sieht auch so aus.
- Fingernägel sollte man des Öfteren mit Zitronensaft bürsten. Dann werden sie richtig schön.
- Sommersprossen verblassen, wenn man sie mit einem Gemisch aus dem Saft einer Zitrone, Kölnisch Wasser, 1 Teelöffel Salz und etwas Eiweiß abends bestreicht und über Nacht einwirken lässt. Aber ehrlich gesagt: Lasst es lieber! Sommersprossen finden nämlich alle die schön, die selbst keine haben. Und wenn er wirklich in deine Sommersprossen verschossen sein sollte, wäre eine Zitronenbleichkur jetzt genau das Falsche.
- Das Haar wird schön seidig, wenn im letzten Spülgang ein wenig Zitronensaft ist.
- Eine wunderbare Gesichtsmaske sind auch mit Milch gekochte Haferflocken mit etwas Zitronensaft. 20 Minuten einwirken lassen und sich wohlfühlen.
- Gegen Falten soll eine Mischung aus Zitronensaft und Honig helfen. Auch hier sind 20 Minuten die magische Zahl und wahrscheinlich von Kleopatra erprobt.
- Auch gegen fettige Haut helfen Zitronen. In diesem Fall ein paar Tropfen mit 2 Teelöffeln Mandelkleie vermengen und noch etwas Eiweiß dazu. Bitte nicht öfter als einmal pro Woche.
- Wer Mundgeruch hat, kann täglich nach dem Zähneputzen dem Wasser ein paar Tropfen Zitrone zufügen, und gelbe Zähne werden wieder weißer, wenn man sie mit dem Weißen der Zitronenschale abreibt.
- Täglich reinigen kann man das Gesicht mit einer Mischung aus Zitronensaft und Olivenöl. Hierzu den Saft von zwei Zitronen mit einem Achtelliter Olivenöl mischen (das Ganze ist übrigens auch herrlich als Salatsauce; aber bitte nicht nacheinander für beides benutzen!). Dieses Öl benutzen Spanier und Italiener auch als

Sonnenschutz – aber das habe ich nicht ausprobiert und kann es daher weder bestätigen noch empfehlen.

... und zum Kochen?

Klar eignet sich die Zitrone dafür. Guck mal durch dieses Kochbuch, wie viele Möglichkeiten ich allein schon ausprobiert habe. Also kreativ sein und nachmachen oder sich selbst was überlegen.

»Huhn mit Honig und Zitrone«

1 kg Hühnerschenkel (oder Brüste), 60 ml Olivenöl, 80 ml Zitronensaft, 1 EL Honig, 1 EL Rosmarin, 1 TL Oregano, 4 Knoblauchzehen in dünnen Scheiben, 1 Würfel Gemüsebrühe, 1 TL Maismehl, 125 ml Wasser.

Die Hühnerteile waschen und trockentupfen. Öl, Zitronensaft, Honig, Kräuter und Knoblauch in eine Schüssel geben und die Hühnerteile darin mehrere Stunden marinieren. Marinade für die Sauce aufbewahren.

Den Backofen auf 180 Grad vorheizen. Die Hühnerteile auf den Rost legen und im Ofen braten bis sie gar sind. Gewöhnlich sind das so rund 30–40 Minuten. Zwischendurch einmal wenden.

Den Bratensaft (den wir unter dem Grill in einer Fettpfanne aufgefangen haben) mit der Marinade und dem zerkleinerten Brühwürfel in einen Topf geben. Maismehl mit Wasser glatt rühren und ebenfalls hinzugeben. Bei mäßiger Hitze ungefähr 5 Minuten aufkochen lassen, bis es anfängt einzudicken. Fleisch in eine dekorative feuerfeste Form geben, mit der Sauce begießen noch einmal für 10 Minuten in den Ofen stellen.

»Granita mit Zitrone«

250 g Zucker, 8 Zitronen, ½ Liter Wasser.

Zucker in Wasser auflösen und kochen. Abkühlen lassen. Zitronensaft hineingeben und auf Zimmertemperatur abkühlen. Dann ab damit in den Gefrierschrank. Beim Gefrieren ab und zu umrühren, bis die gesamte Flüssigkeit durchgefroren ist. Das ist ein herrlicher Genuss an den ganz warmen Tagen. Die Granita kann auch mit anderen Früchten hergestellt werden und schmeckt ebenfalls »märchenhaft«.

»Zitronen-Basilikum-Eis«
Eine Handvoll kleingehackte Basilikumblätter, 60 g Kristallzucker, 5 cl Weißwein, 3 cl Zitronensaft, 1 abgeriebene Zitronenschale.

Basilikum, Wein und Zucker in einer Pfanne bei mäßiger Temperatur erhitzen, bis der Zucker geschmolzen ist. Das Basilikum herausfiltern und auf Zimmertemperatur abkühlen lassen. Den Zitronensaft und die Zitronenschale hinzufügen und in den Gefrierschrank stellen. Während des Gefrierens ab und zu umrühren, bis alles gut durchgefroren ist.

ZUM GUTEN SCHLUSS

Ja, da sitzt man jetzt so am Ende eines Buches und weiß gar nicht, was man sonst noch sagen sollte. Weil es nämlich eigentlich gar nichts mehr zu sagen gibt. Vielleicht nur noch eins. Hat's gefallen?
Und, ach so, ja ... habe ich irgendwo abgeschrieben? Zum Teil schon. Also außer Wikipedia und Erzählungen von Boss habe ich diverse Informationsschriften und -quellen zu Rate gezogen:
- Archimandrite Disotheos, Eptalofos S.A., Greek Monastery Cooking, Translated into English by Theodore Buyana, Printing and Publishing: Eptalofos S.A., Ardittou 12–16, Athens, Greece 116 36, www.eptalofos.com.gr
- Dirik von Oettingen, Verhüllt, um zu verführen. Die Welt auf der Orange. vacat Verlag, Potsdam 2007
- Thomas Cahill, Nan A. Talese, Sailing the Wine-Dark Sea, Why the Greeks matter. Doubleday, ISBN 0-385-49553-6, 2003
- Alexandros Valavanis, The Original Greek Cooking, Fotorama, ISBN 960-85373-2-0, 1993
- Die handschriftlichen Kochaufzeichnungen meiner Mutter und meiner Großmütter und die Empfehlungen meiner griechischen Freundin.
- Die handschriftlichen Aufzeichnungen von Herrn Botschafter Th. Chrysanthopoulos
- http://de.wikipedia.org/wiki/Otto_(Griechenland)
- http://de.www.wikipedia.org

Und wer geneigt ist, sich weiter über die neuere griechische Geschichte zu informieren, sei auf das Buch von Richard Clogg »Geschichte Griechenlands im 19. und 20. Jahrhundert«, erschienen im Kölner Romiosini-Verlag, verwiesen. Dort sind tiefergehende Informationen für den deutschen Leser aufbereitet.

Ich danke allen meinen Familienmitgliedern und Freunde,
die ohne ihre Gesichter zu verziehen
meine diversen Kochversuche ertragen haben
und durch ihre Kommentare und Rat- sowie Vorschläge
zum Gelingen der Rezepte beitrugen.

REZEPTREGISTER

Seite	Rezeptregister (in alphabetischer Reihenfolge)
161	»Antiker griechischer Salat (Version 1)«
161	»Antiker griechischer Salat (Version 2)«
74	»Appelflappen«
121	»Artischockengemüse«
121	»Avgolémono-Sauce«
181	»Bärenfang«
161	»Bauchspeck mit Honig-Essig-Sauce«
174	»Belgische Gouffre – auf Deutsch sind es Waffeln«
108	»Blumenkohl mit Tahíni«
108	»Blumenkohlküchlein für Fastentage«
152	»Broccoligemüse«
54	»Chórta – griechisches Wildgemüse«
56	»Chortópita oder Spanakópita« (»Herzhafte Pita«)
44	»Christópsomo – das griechische Weihnachtsbrot«
27	»Chtipití« (Schafskäsesalat)
87	»Crema di limoncello«
131	»Duftrosenzucker«
109	»Eier mit Pilzen«
138	»Erbsen mit Zitronensaft«
52	»Erdbeer-Joghurt-Bisquit-Eistorte«
81	»Fakés – Linsensuppe«
81	»Fasoláda – Bohnensuppe«
151	»Fava«
175	»Feigen-Crumble«
175	»Feigenkuchen«
173	»Feigenmarmelade«
181	»Fisch in Honig-Orangen-Sauce«
67	»Fleisch mit grünen Oliven«
22	»Frappé ambassaduriel«
174	»Gebackene Waffeln mit Feigen-Ricotta-Creme«
28	»Gebackener Käse mit Traubensirup«
108	»Gefüllte Auberginen für Fastentage«
152	»Gefüllte Zucchiniblüten«
139	»Gegrillte Zucchinischeiben mit frischem Knoblauch«
20	»Glikó tu kutaliú«
115	»Götterwein – direkt vom Olymp«

Seite

166	»Gouna – gesalzener, getrockneter Fisch«
191	»Granita mit Zitrone«
33	»Griechische Ofenkartoffeln«
22	»Griechischer Kaffee mit Zukunftsaussichten«
21	»Haddu kalten Kaffee? – Is das ein Frappé?«
50	»Halvás«
146	»Hase in Zitronensauce«
55	»Herzhafte Pita«
191	»Huhn mit Honig und Zitrone«
146	»Hühnchen mit Nudeln«
174	»Hühnerbrüstchen im Ofen mit Feigen und Orangensauce«
69	»Hühnersuppe Avgolémono«
139	»Hülsenfrüchte in Tomatensauce«
138	»Hummus aus Linsen, Bohnen oder Kichererbsen«
182	»Joghurt mit Honig und ...«
103	»Joghurt-Minz-Dip«
114	»Kalte Orangensuppe«
33	»Kartoffel-Orangen-Salat«
33	»Kartoffelsalat mit Joghurt und Knoblauch«
109	»Kartoffelsuppe mit Tahini«
139	»Kichererbsensuppe mit Sesam-Kouloúri«
58	»Krustentiere mit Spaghetti in Tomatensauce«
86	»Limoncello alla Domenico«
173	»Marmelade allgemein«
167	»Melonen im Teigmantel«
166	»Ofenkartoffeln mit Senf und Orangen«
73	»Omas Oliebollen«
116	»Orangenblütenlikör«
116	»Orangenblütenlikör – die polnische Version, sagt Boss «
113	»Orangen-Karotten-Suppe«
115	»Orangenmarmelade mit Kräutern und Honig«
169	»Orangen-Mojo mit Kartöffelchen«
103	»Orangensauce zum Grillen«
114	»Orangensuppe«
124	»Paputsákia«
170	»Pasta mit Öl, Knoblauch und getrockneten Tomaten«
124	»Pellkartoffeln mit Tahinisauce«

Seite	
56	»Piperópita« (»Herzhafte Pita«)
51	»Reisbrei mit Gewürzen«
51	»Reisbrei mit Pistazien«
81	»Revíthia Súpa – Kichererbsensuppe«
114	»Ricotta-Beignets mit Orangensauce«
50	»Risógalo – Milchreis«
167	»Rosen- und Veilchenwein – nach Apicius«
131	»Rosenlikör«
132	»Rosenmarmelade«
103	»Saté-Sauce zum Grillen«
68	»Schweinefleisch mit Zitrone und Staudensellerie«
68	»Schweinerollbraten mit Backpflaumen«
170	»Skordaliá«
97	»Stifádo«
87	»Tiramisu mit Limoncello«
56	»Tirópita« (»Herzhafte Pita«)
28	»Tomaten und Gurken in Öl«
43	»Tsuréki – das griechische Osterbrot«
74	»Vassilopita – griechischer Neujahrskuchen mit Glücksmünze«
37	»Verlorene Eier in Senfsauce«
140	»Warmer Salat mit Koukiá und Fetakäse«
27	»Wassermelone mit Feta«
95	»Wildschweinstifado auf Couscous an Rosenkohlpüree mit Sahnegürkchen«
192	»Zitronen-Basilikum-Eis«

BIOGRAPHISCHES

Edit Engelmann

Sie wurde 1957 in der Nähe von Kassel in Nordhessen geboren und wuchs dort auf. Mit Anfang zwanzig zog sie nach Abschluss des Gymnasiums in den Großraum Frankfurt. Dort absolvierte sie ein Marketingstudium und unternahm ihre ersten beruflichen Schritte. Schnell wurde ihr klar, dass der Kommunikationsbereich der weitaus interessanteste Bereich im Marketing ist und stürzte sich voller Begeisterung darauf. Das Schreiben und Texten gehörte zu ihrem ständigen Arbeitsbereich und zu den Tätigkeiten, die ihr ganz besonders ans Herz wuchsen.
Im Rahmen ihrer beruflichen Laufbahn bei verschiedenen nationalen und internationalen Konzernen reiste sie viel und verbrachte einige Jahre im europäischen und nichteuropäischen Ausland. Sie genoss das Kennenlernen und Ausprobieren neuer Kulturen, Denkweisen und Lebensstile. Reisen, Entdeckerfreude und das Sammeln neuer Erfahrungen gehören auch heute noch zu ihren Leidenschaften.
Nach der Jahrtausendwende lernte sie jenen Griechen kennen, dem sie nicht widerstehen konnte, und zog bald darauf nach Athen, wo sie noch heute ungebrochenen Mutes versucht, die Feinheiten der griechischen Sprache zu ergründen. Wenn sie nicht gerade von ihrer Familie auf Trab gehalten wird, übernimmt sie Übersetzungsarbeiten und Marketing- und Kommunikationsprojekte auf freiberuflicher Basis.